. . . SAH ICH ZUM ERSTENMAL DIE DONAU

HANS CHRISTIAN ANDERSEN IN ÖSTERREICH

WIENER THEMEN

LOTTE ESKELUND

. . . SAH ICH ZUM ERSTENMAL DIE DONAU

Hans Christian Andersen in Österreich

Jugend und Volk Wien München

J&V

Auf dem Einband:
Hans Christian Andersen, Gemälde von dem dänischen Maler
Albert Küchler (1803–1886).
(Nationalhistorisches Museum im Schloß Frederiksborg, Hilleröd.)

Bildnachweis:
H. C. Andersens Hus, Odense: Abbildungen auf den Seiten 17, 40
Bildarchiv der Öst. Nationalbibliothek: 20, 39 oben links und rechts,
76 oben links und rechts, 93, Faksimiles im Text
Det kongelige Bibliothek, Kopenhagen: 37
Det Nationalhistorische Museum på Frederiksborg:
Porträt auf dem Einband
Historisches Museum der Stadt Wien: 6, 39 unten, 75 unten, 76 unten
Kgl. Danske Udenrigsministerium, Kopenhagen: 94
Royal Danish Ministry for Foreign Affairs, Kopenhagen:
18, 19, 73, 74, 75 oben, 95, 96
Wiener Stadt- und Landesbibliothek: Faksimiles im Text

ISBN 3-7141-7103-7 Jugend und Volk Wien München

Umschlaggestaltung: Haimo Lauth

 4470-79/1/30
Druck: Paul Gerin, 1020 Wien

INHALT

Landhaus von Ignaz Franz Castelli
(heute Rettichgasse, 14. Bezirk).
Lithographie bei Trentsensky und Vierweg, Wien.

DARUM ANDERSEN UND ÖSTERREICH

Ein Vorwort

Im Andersenjahr 1975, zum 100. Todestag des Dichters, untersuchte eine süddeutsche Zeitung, was heutige Menschen mit dem Namen Andersen verbinden. Man befragte kurzerhand Passanten in der Münchener Fußgängerzone. Nicht überraschend stellte sich heraus, daß nur die wenigsten etwas mit dem Namen anzufangen wußten, wohl aber kannten sie – alle – Märchen wie *Das häßliche Entlein, Die Schneekönigin, Der standhafte Zinnsoldat.* Andersen, wahrlich ein Klassiker, ist es also nicht im Sinne der ironischen Definition von Oscar Wilde: ein Autor, dessen Namen alle kennen, aber von dem niemand etwas gelesen hat. Von Hans Christian Andersen haben ganz im Gegenteil alle etwas gelesen – oder zumindest vorgelesen bekommen –, ohne deshalb unbedingt seinen Namen gehört zu haben.

Wer Andersen sagt, der sagt zugleich auch „Märchen". Und damit melden sich Kindheitserinnerungen, was bittersüß und manchmal nostalgisch schön, im Falle Andersen jedoch irreführend ist, denn er ist keineswegs „nur" Märchen, ganz abgesehen davon, daß er seine Märchen und Geschichten zum Teil gar nicht und auf keinen Fall ausschließlich für Kinder geschrieben hat.

Darauf hat er selber mehrmals aufmerksam gemacht. In seinem Todesjahr, in dem er noch seinen siebzigsten Geburtstag feiern konnte, wurde ihm der Entwurf zu einem Denkmal vorgelegt, das ihn, von Kindern umringt, als sanft vorlesenden Märchenonkel zeigte. Er bedeutete dem verdutzten Künstler, daß kein Bildhauer ihn wirklich kenne, ihn nicht beim Vorlesen gesehen habe, „da dulde ich niemanden hinter mir und habe Kinder weder am Rücken noch auf dem Schoß oder zwischen den Beinen; daß meine Märchen ebensosehr für die Älteren sind wie für die Kinder – diese verstehen nur die Staffage, erst als reife Menschen sehen und erfassen sie das Ganze. Daß das Naive nur ein Teil meiner Märchen ist, und der Humor das eigentliche Salz in ihnen." So schrieb er ärgerlich in sein Tagebuch.

Ein Österreicher hat erkannt, wie recht er hatte: Egon Friedell, der in Andersen einen Geistesverwandten Nestroys sah, den „verkappten Satiriker" nämlich, allerdings einen mit verstehender Liebe und aufrichtigem Mitleid. Friedell sagt in der *Kulturgeschichte der Neuzeit:* „Das große Publikum nimmt zu Andersen etwa dieselbe Stellung ein wie jener Leutnant in den ‚Fliegenden Blättern', der behauptete, Julius Caesar könne unmöglich ein großer Mann gewesen sein, denn er habe ja nur für die unteren Lateinklassen geschrieben. Weil Andersen ein so großer Dichter war, daß er sogar von Kindern verstanden wird, glauben die Erwachsenen, er sei für sie nicht gescheit genug. Aber der echte Dichter ist ein König Midas: Was er berührt, wird zu Gold; ein wenig gehören zu ihm aber auch die Eselsohren, die kindliche Einfalt."

Es gibt wundervolle Dichterwerke, deren Verfasser kennenzulernen weit weniger Reiz hat als sie zu lesen. Andersen gehört nicht in diese Kategorie, und das wußte er auch ganz genau. „Das Ereignis meines Lebens ist an sich Poesie, es wird immer von gleichem Interesse sein wie meine besten Arbeiten", schrieb er 1838 an eine Freundin. Neun Jahre später gab er seiner Selbstbiographie den Titel *Das*

Märchen meines Lebens, und sicherlich hat seine fast amerikanisch anmutende Success-story etwas Märchenhaftes an sich. Märchen heißt auf dänisch *eventyr* und bedeutet nicht nur Märchen, sondern auch Abenteuer. Das paßt fast noch besser auf ein Leben, in dem die Siege keineswegs kampflos errungen wurden.

H. C. Andersen, wie er in seiner Heimat genannt wird, war trotz physischer Schwächlichkeit und allen möglichen Schwächen alles andere als schwach. Er besaß Arbeitsdisziplin, war phänomenal praktisch und war ein Genie der menschlichen Kontakte. Für falsche Romantik und Schwärmerei für die „gute alte Zeit" hatte er wenig übrig. Er kannte den Fluch der sozialen Ungleichheit. Und er war fasziniert von den Fortschritten der Technik, hatte ganz Jules Vernesche Visionen und wurde es nie müde zu preisen, wie herrlich es sei, mit dem „Dampfdrachen", der Eisenbahn, zu fliegen, anstatt auf staubigen Straßen in der Postkutsche zu rumpeln, eine Reiseart, die er von seiner Jugend her gründlich kannte. Sein ganzes Leben lang war er nämlich nicht zuletzt ein leidenschaftlicher, nahezu „professioneller" Reisender, der sich durchaus nicht an ausgetretene Pfade hielt.

„Reisen heißt leben": den Ausspruch findet man in zahllosen Variationen in seinen Briefen, in den Tagebüchern, in seinem ganzen Werk. Reisen war für ihn, den Einsamen, eine Erlösung von dem Mißmut, der ihn daheim in Kopenhagen so oft packte, vor allem aber eine Erneuerung seiner geistigen Batterie. Fast gierig sog er alle Eindrücke ein. Gab es etwas zu sehen, so kannte er keine Müdigkeit, da scheute er auch keine wirkliche Gefahr, obwohl er, wie er das ausdrückte, kein „Mutorgan" besaß und sich vor eingebildeten Gefahren kindisch fürchten konnte.

Es war ein nicht unwesentlicher Teil seiner Reisetätigkeit, seine Freundschaften und Bekanntschaften, vielfach prominenter, ja illustrer Art, zu pflegen. Er führte unterwegs immer ein Tagebuch und sandte zahllose lange Briefe in die Heimat. Unmittelbarer als im *Märchen meines Lebens* und den Reisebüchern findet man darin eine solche Fülle von Beobachtungen, daß man im Dichter bei allen Stimmungsschwankungen zugleich den geborenen Reporter erkennt.

In Wien war Andersen sechsmal, zwischen den Jahren 1834 und 1872. Allein diese Zeitspanne, fast vierzig Jahre, gibt seinem Zeugnis eine besondere Dimension. Er kannte das vormärzliche Wien und das der Ringstraßenbauten unter Kaiser Franz Joseph, er war im alten Burgtheater – fast allabendlich – und in der neuerbauten Hofoper, und natürlich lernte er sämtliche Burgtheaterdirektoren dieser langen Periode kennen, von Deinhardstein bis Dingelstedt. Er bewunderte Grillparzer, amüsierte sich bei Castelli, besuchte sowohl Frau von Weißenthurn wie Schauspieler einer späteren Generation, verkehrte mit dem Klaviervirtuosen Thalberg, bekam zu einem überfüllten Lisztkonzert eine Freikarte vom Künstler selbst, er sah Nestroy spielen, sprach mit Bauernfeld und wurde von Bäuerle versetzt. Raimund lernte er zwar nicht kennen, aber er übersetzte den *Verschwender* und schrieb ein Stück gar nicht sehr frei nach dem *Diamant des Geisterkönigs.*

Äußerer Glanzpunkt seiner Wienbesuche war eine Einladung zum Tee in der Hofburg, 1846, wo er der Erzherzogin Sophie, der Witwe des Kaisers Franz und einer „Menge junger Prinzen“, unter ihnen Franz Joseph und sein Bruder Max, Märchen vorlas, ganze fünf Stück. Als Dank des Hauses Habsburg bekam er eine „geschmackvolle Busennadel“, die heute im Museum von Odense bewundert werden kann.

Im Thema Andersen und Österreich steckt konkreter Stoff in hinreichender Fülle, um ein Stück Zeitbild zu erschließen. Warnend sei allerdings darauf aufmerksam gemacht, daß Andersen weder von Österreich im allgemeinen noch von Wien im besonderen sehr angetan war, wobei Gründe psychologischer, politischer und auch pekuniärer Art zusammenwirkten. Nichtsdestoweniger figuriert Wien höchst positiv nicht nur im lebendigsten seiner Reisebücher, *Eines Dichters Basar,* sondern auch in seiner eigentlichen Dichtung. Andersen hat nämlich einen Großteil der Handlung in seinem Erfolgsroman *Nur ein Geiger* nach Wien verlegt. Es ist reizvoll zu verfolgen, wie sauertöpfische Bemerkungen im Tagebuch und an sich banale Touristeneindrücke sublimiert und in Dichtung verwandelt werden können.

AUFTAKT IN TIROL

Am 1. April 1834 verließ Hans Christian Andersen Rom durch die Porta del Popolo in nördlicher Richtung, der Heimat zu. Gern tat er es nicht, aber Gründe ganz banaler Art, Geldmangel nämlich, zwangen ihn dazu. Die weite Welt war teuer selbst für einen sparsamen und in Gelddingen so vernünftigen Menschen, wie Andersen es sein Leben lang war.

Daheim in Kopenhagen gab es die nützliche Einrichtung eines staatlichen Fonds „ad usus publicos", aus dem ihm, wie anderen vielversprechenden Künstlern, Schriftstellern und Wissenschaftlern, ein Stipendium bewilligt worden war, zweimal 600 Reichstaler. Wie sich herausstellte, langten sie nicht dafür, sich zwei Jahre, die ideale Zeitspanne der großen Bildungsreise, im Ausland aufzuhalten. Er kehre „durchaus nicht aus Sehnsucht, nein, bei Gott nicht", früher als geplant zurück, schrieb Andersen aus Rom. Sein großer Gönner in der Heimat, der Konferenzrat Jonas Collin, verschaffte ihm zwar eine Aufzahlung und borgte ihm weitere hundert Taler aus der eigenen Tasche, aber Andersen erhielt sie erst, als er Italien bereits verlassen hatte. Dafür konnte er sich nun erlauben, nach einem Monat in München auch einen ganzen Monat auf Wien – als allerletzte Etappe vor der eigentlichen Rückreise – zu spendieren, nur war da sein Herz nicht mehr so recht dabei.

Empfängliche junge Menschen aus nördlichen Gegenden haben sich seit eh und je in den Süden verliebt. Umso heftiger, je empfänglicher sie waren, je musischer ihre Veranlagung, je stärker ausgebildet ihre künstlerische Ader. „Süden“ war in der ersten Hälfte des vorigen Jahrhunderts, um das es hier geht, wohlgemerkt identisch mit Italien. Hans Christian Andersen, von Gemüt und Wesen weit jünger als die achtundzwanzig Jahre, mit denen er 1833 die *grand tour* antrat, war dazu prädestiniert, sich schon aus klimatischen Gründen in Italien zu verlieben: Er faßte das dänische Wetter als eine persönliche Beleidigung auf. „Der Sommer hält seinen Einzug, gezogen von Faultieren, und Schildkröten schieben hinten an“, heißt es in einem Maibrief aus Kopenhagen an eine seiner „schwesterlichen“ Freundinnen, Henriette Hanck in Odense. „Ich, der ich ein Sonnenanbeter bin, der ich nach einem warmen Strahl greife wie die Pflanze, empfinde den podagristischen Anmarsch des Sommers doppelt.“ Gegenüber einer anderen schwesterlichen Freundin, auch sie eine Henriette, Jette – die Koseform – Wulff, spricht er, erbost über Kritiker in der Heimat, von den „nassen, schimmelgrünen Inseln“. Und ein Jahr vor seinem Tod schreibt er einer dritten Henriette, der Frau seines Freundes Edvard Collin, bei feuchtem Wetter befinde man sich in einem Badeort „wie eine Kohlraupe auf einem nassen Kohlblatt“.

Was es ihm in Italien antat, war natürlich nicht nur die wärmere Sonne und der blauere Himmel. Es waren auch die Landschaften, die schönen Menschen, das bunte, „malerische“ Volksleben, vor allem aber das Erlebnis großer Kunst und das Gefühl, daß etwas sich in ihm löste, daß er wuchs, weil ein Druck verschwunden war, daß er hier, in Italien, wirklich und wahrhaftig zum Dichter wurde. Es war ein richtiges Gefühl. *Der Improvisator,* Frucht dieser Reise und sein erster Roman, brachte ihm den entscheidenden Durchbruch. Nur so nebenbei, fast spaßeshalber, ließ er in anspruchslosestem Gewand zur gleichen Zeit seine ersten vier Märchen drucken.

Zunächst hatte Italien eine Schockwirkung auf ihn. Da gab es Gelsen, Fliegen, Flöhe, man wurde, wenn man nicht aufpaßte, übers Ohr gehauen und konnte mit etwas Pech vielleicht sogar umgebracht werden. Nach dem ersten Schrecken verliebte er sich umso heftiger. „Was Deutschland und der Norden für das Herz, was Frankreich für den Verstand ist, das ist Italien für die Phantasie; alles ist wie ein Gemälde, hier ist es unglaublich schön“, schrieb er aus Florenz.

Es war bitter, des schnöden Geldes wegen nach sieben Monaten im Paradies den Rückzug antreten zu müssen – als Rückzug, ja als Vertreibung empfand er es. „Wie soll es gehen, wenn man wieder im kalten Schneewasser in der Östergade umherstiefelt und den zähen Nebel ißt?“ fragt er ironisch. Von nun an, auf dem Weg nach dem Norden, mußte alles zur Antiklimax werden – auch der geplante Aufenthalt in Wien.

Daß ihm der Abschied von Italien schwer fiel, war nicht der einzige Grund für sein Zögern, seinen inneren Widerstand. Er hatte, wie er Jahre später im *Märchen meines Lebens* bekannte, „eine Angst vor der Zeit der Heimkehr, als sollte ich aus einem schönen Traum zu einer schweren Wirklichkeit, zu Dulden und Leiden aufwachen“.

Warum die Angst? Und zu wem, zu was kehrte Andersen eigentlich zurück?

In Rom hatte er die Nachricht vom Tod der Mutter im Odenseer Armenhaus erhalten. Er schrieb ins Tagebuch:

„Gott, ich danke dir!, war mein erster Gedanke. Jetzt ist ihre Not, die ich nicht lindern konnte, zu Ende, aber ich kann mich doch nicht recht an den Gedanken gewöhnen, so

Kirche am Brenner. Zeichnung von H. C. Andersen (1834).

Oben links: Louise Collin (1813–98), jüngste Tochter von Jonas Collin.
Oben rechts: Jonas Collin (1776–1861).
Unten: Henriette (1813–94) und Edvard Collin (1806–86).

Hans Christian Andersen. Porträt von C. A. Jensen (1836).

Moritz Gottlieb Saphir (1795–1858).

ganz allein zu sein, ohne einen einzigen Menschen, der mich durch das Band des Blutes lieben *muß*."

Die Unterstreichung dieses „muß" ist erschütternd.

Es gab auch niemanden, den Bande der Zärtlichkeit gezwungen hätten, ihn zu lieben. Andersen heiratete nicht, er berührte auch niemals eine Frau. Er hatte viele und gute Freunde unter Männern und Frauen, aber die waren kein Ersatz für eine Geliebte, eine Frau, eine Familie. In Kopenhagen gab es freilich die Collins, vorbildliche Vertreter eines liberalen Bürgertums, an ihrer Spitze und Pater familias im besten Sinne Jonas Collin, den Andersen Vater nannte, aber damals noch oft mit „väterlicher Wohltäter" titulierte. Die Collins, als Kollektivum genommen, bedeuteten ihm das „Heim in der Heimat", das Heim über alle Heime, aber gerade im Frühjahr 1834 tat es weh, an sie zu denken.

Edvard, sein bester Freund, der zweitälteste der Collin-Söhne, hatte ihn kürzlich durch einen kritischen Brief in „hartem und belehrendem Ton" – es handelte sich um eine etwas mißratene dramatische Dichtung, *Agnete und der Wassermann* – noch tiefer verletzt als drei Jahre zuvor mit der Weigerung, das angebotene Du anzunehmen. Also waren die Collins ein wunder, ein neuralgischer Punkt, und Andersen schwankte in seinen Stimmungen zwischen Aufruhr und schwärzester Verzweiflung.

Soweit die menschlichen Beziehungen und seine noch durchaus nicht gefestigte Position als Dichter. Auch in der materiellen Sphäre hatte Andersen keine Ursache, sich auf das Heimkommen zu freuen. Es warteten weder eigene vier Wände noch eine Stellung, ein bürgerlicher Beruf auf ihn. Er hatte sich entschlossen, ausschließlich von der Dichterei zu leben, was keiner der Dichter jener Periode wagte, die man das Goldene Zeitalter der dänischen Geistesgeschichte nennt und mit Namen wie Thorvaldsen, dem großen Physiker H. C. Örsted, Kierkegaard und Grundtvig, Oehlenschläger und Andersen verbindet.

Andersen wählte die Brennerroute, reiste also durch das Etsch- und das Eisacktal nordwärts. Trotz aller Wehmut beim Abschied von Italien war er nicht blind für die dramatische Südtiroler Landschaft: „Wir fuhren zwischen schönen Bergen, die sich wie ein Tor öffneten und gegen Italien sperrten. Dicht daneben brauste die Etsch. Häuser hingen wie Schwalbennester am Felsen", heißt es im Reisetagebuch.

Er führte es auf dieser wie auf allen seinen Reisen ausführlich, in einem bunten Durcheinander von Eindrücken, Stimmungen, Bildern und Fakten, nicht zu vergessen die täglichen Plagen in Form von Zahnweh, Magenbeschwerden, „Blut in Wallung" und allerhand Irrealem. Die Reisetagebücher waren für den Dichter reine Gedächtnisspeicher zur Auflagerung von Rohstoff, ungeordnet, unfrisiert, nicht gruppiert, letzteres seine Bezeichnung für die mehr bewußte Darstellung eines Verlaufs. Ihr Reiz liegt für uns in ihrer Unmittelbarkeit; für Andersen bestand ihr Wert in der Zugänglichkeit von Rohstoffbrocken zu jedem beliebigen Zeitpunkt, und was hier folgt, ist eine erste Illustration seines Verfahrens.

Um schnell über den Brenner und nach Innsbruck zu kommen, nahm Andersen in Bozen die Eilpost, die um drei Uhr morgens losfuhr. „Wir flogen zwischen Teutschen und Kollmann dahin", sagt das Tagebuch. „Der heilige Christopher stand kolossal auf den Häusermauern, und der heilige Florian, der Wasser auf ein brennendes Gebäude schüttet . . . Der Eisack brauste uns ständig entgegen. In Brixen bekamen wir den erwünschten Kaffee."

Als Sitznachbarin hatte Andersen eine Dame, die „redselig wurde, als sie hörte, daß ich ein Dichter sei“. Sie reichte ihm ihr Riechfläschchen, bot Süßigkeiten an, teilte mit, daß sie sich an das Sterbebett eines Onkels in Sterzing begebe, und machte ihn, nachdem es hell geworden, auf die Sehenswürdigkeiten des Tales aufmerksam. Sie „zeigte mir mehrere Klöster, auch eines bei Brixen, das sehr streng für die armen Nonnen sein soll, hier werden auch junge Mädchen erzogen. Ein Kloster stand frei auf dem Berg.“

So steht es unter dem Datum Sonntag, 27. April 1834, im Tagebuch. Fünf Jahre später, 1839, ließ Andersen sein *Bilderbuch ohne Bilder* erscheinen. Darin erzählt der Mond, der ja auf seinen nächtlichen Wanderungen allerhand zu sehen bekommt, an dreiunddreißig Abenden Erlebnisse und Eindrücke aus allen Gegenden der Erde. Am 23. Abend lautet seine Erzählung:

„Ich sah in Tirol hinunter, ließ die dunklen Tannen kräftige Schlagschatten auf die Felsen werfen. Ich betrachtete den heiligen Christopher mit dem Jesuskind auf den Schultern, wie er auf den Wänden der Häuser steht – kolossal, vom Fuß bis hinauf zum Giebel; der heilige Florian goß Wasser auf das brennende Haus, und Christus hing blutend an den großen Kreuzen bei der Straße. . . . Hoch an der Bergwand hängt wie ein Schwalbennest ein einsames Nonnenkloster. Zwei Schwestern standen im Turm und läuteten die Glocke. Sie waren beide jung, und deshalb flog ihr Blick über die Berge in die Welt hinaus. Ein Wagen fuhr auf der Landstraße unten. Das Posthorn erklang, und mit verwandten Gedanken hefteten die armen Nonnen den Blick auf den Wagen; im Auge der jüngeren funkelte eine Träne. Und das Posthorn klang immer schwächer, die Glocke des Klosters übertäubte seine verhallenden Töne.“

Ökonomischer läßt sich eine Geschichte von Hoffnungslosigkeit und Fernweh nicht erzählen, die Tiroler Landschaft nicht skizzieren: Felsen, vom Schatten der Tannen skulptiert, das Kloster auf der Höhe, die Straße im Tal. Zierat und Lokalisierung im engeren Sinn sind die gemalten Heiligen in Überlebensgröße, ebenso wortwörtlich dem Tagebuch entnommen wie – an anderer Stelle – die Wegkruzifixe, von denen er an Jette Wulff schrieb: „Die häßlichen, blutigen Christusbilder verletzten recht kraß mein Auge, das die Marmorgötter Italiens gesehen hat."

Am Brenner zeichnete Andersen „die einfache Kirche, die sich, meine ich, auch in der Mappe Goethes findet". Die hingeworfene Skizze vermittelt Raum und Landschaft ebenso sicher wie die knappe Schilderung in der Mond-Erzählung. Obwohl keine Felsen angedeutet sind, spürt man, daß man sich hier nicht im Tal, sondern in der Höhe befindet.

Bergab, auf Innsbruck zu, begann es zu dunkeln. Es war ein langer Tag gewesen, und Andersen „schlummerte ein wenig, während wir an den tiefen Abgründen vorbeifuhren. Mit einemmal sah ich es unter mir wie tausend Sterne, es waren die Lichter von Innsbruck, das tief im Tal unten liegt. Um zehn Uhr fuhren wir in die Stadt ein, wo wir in der ‚Goldenen Sonne' vorzügliche Betten mit Tuchenten bekamen."

Innsbruck war nur eine Station auf dem Weg nach München. Andersen, immer ein energischer Sightseer, sah so ungefähr alles, was einem Eintagsbesucher auch heute empfohlen wird, vom Goldenen Dachl bis zum Schloß Amras. In der Hofkirche konnte er sogar mehr verbuchen als den auf seinem Sarkophag knieenden Kaiser Maximilian und die eindrucksvolle Riesengesellschaft von „Königen und Kaisern mit ihren Frauen, alle kolossal und aus Metall“. In einem Seitenschiff bemerkte er nämlich „ein ganz neues Denkmal für Andreas Hofer, er hält die Fahne in seiner Rechten und hat ein edles Gesicht; man war im Begriff, es aufzustellen, der Künstler, der es gemacht hat, Professor Schaller aus Wien, stand dabei . . . Eine Schar von Frauen wusch den Boden für die Denkmalfeier.“ Sie war für den nächsten Tag anberaumt. Es handelte sich um die Errichtung des Grabmals für Andreas Hofer.

Den größten Eindruck machte ihm der Hintergrund der „Prachtstraße“ – womit der Dichter natürlich die Maria-Theresien-Straße meinte –, in der die „Goldene Sonne“ lag und an deren Stelle heute das Hotel Maria Theresia liegt: die überwältigende Mauer der Nordkette, Ende April noch reichlich mit Schnee bedeckt.

Mit einem jungen Schotten namens Jameson, schon von Verona her sein Reisegefährte, wanderte er über die Innbrücke und einen Hang hinauf. Hier wurde der Schotte beim Läuten der Abendglocken von Heimweh gepackt, die Berge erinnerten ihn so sehr an das schottische Hochland. Die Tränen kamen ihm. Andersen verzeichnet es im Tagebuch und fügt hinzu: „Oh, ich kann beim Gedanken an die Heimat nicht weinen, und doch fehlt es mir nicht an Gefühl – ich liebe meine Freunde dort und fühle mich dennoch unglücklich, wo sie leben.“

Das Erlebnis ging damals tief. Er erwähnt es in mehreren Briefen und durchspielt das Thema ohne wesentliche Variation Jahre später noch im *Märchen meines Lebens.* Daß er die Episode nicht vergessen konnte, sagt etwas darüber aus, in welcher Gemütsverfassung Andersen sich befand, als er zum erstenmal auf österreichischem Boden war. Zunächst nicht für sehr lang. Er verließ Innsbruck, das ihm „sehr freundlich“ schien, bereits am folgenden Tag, dem 29. April, mit einem bayrischen „Lohnkutscher“. Als ein folkloristisches Kuriosum empfand er die Hauben der Frauen, die ihm „wie ausgestopfte Schlafmützen“ vorkamen, und bei der Abfahrt von der „Goldenen Sonne“ geschah etwas Unerwartetes: „Das Stubenmädchen küßte uns die Hand, als wir ihr Trinkgeld gaben; ebenso der Hausknecht. Die gutmütigen Tiroler“, schloß er daraus im Tagebuch, „kennen kein Trinkgeld. Was für ein Unterschied, wenn man aus Italien kommt, wo alles darauf hinausläuft, zu prellen.“

Am 30. April war er in München, damals noch eine „aufwachsende“ Stadt, die ihm später sehr sympathisch werden sollte, weil er dort viele Freunde fand. Vorläufig war ihm der eine Monat, den er blieb, um „drei Wochen zu viel“. Er bestimmte den 31. Mai als Abreisetag nach Wien, über Salzburg. Um abermals österreichischen Boden betreten zu können, brauchte er ein Visum, weshalb er sich Freitag, den 30. Mai, am Tag nach Fronleichnam, zum kaiserlichen Gesandten beim bayrischen Hof begab, einem Grafen Caspar Philipp von Spiegel. Von diesem wurde er „einer Art Verhör“ unterworfen, das im Tagebuch ganz dramatisch dargestellt ist und wörtlich zitiert zu werden verdient:

„‚Sie reisen zum Vergnügen?‘ – Ja, und zu meiner Bildung. ‚Sind Sie ein Gelehrter?‘ – Ein Dichter, dem der dänische König ein Reisestipendium gegeben hat. – ‚Sind Ihre werten Schriften ins Deutsche übersetzt?‘ – Nein, außer ein paar kleinen Gedichten, die Chamisso übersetzt hat. – ‚In welchem Fach arbeiten Sie, wenn ich fragen darf?‘ – Für das Theater, im übrigen handelt es sich meist um lyrische Gedichte. – Ich sah nun, wie der Mann etwas auf ein Blatt Papier notierte, und meine guten Augen sagten mir: ‚Andersen, Gedichte, Chamisso!' – Herrgott, jetzt glauben sie, ich bin ein politischer Skribent!"

Nun war Andersen zwar besonders zartbesaitet, um nicht zu sagen ängstlich angesichts der bloßen Möglichkeit eines solchen, in seinem Falle tatsächlich ganz unbegründeten Verdachts, denn er war bestimmt alles andere als „politisch", aber anderseits war man auch in Wien gerade im Vormärz und somit in den dreißiger Jahren ungemein empfindlich. Namentlich war man allergisch gegen freiheitliche Ideen, die möglicherweise hätten eingeschleppt werden können – gegen den „Schwindelgeist", wie Metternich es nannte. Da Dichter und ihresgleichen diesbezüglich grundsätzlich unter Verdacht standen, tat ein kaiserlicher Gesandter auf einem verhältnismäßig bescheidenen Posten wie dem in München, wo er sich in eigener Person so geringfügiger Angelegenheiten wie der Visen anzunehmen hatte, sicherlich klug daran, bei potentiellen Bazillenträgern in Gestalt ausländischer Schriftsteller Vorsicht walten zu lassen.

Nach überstandenem Verhör bekam Andersen jedoch sein Visum, und es ist anzunehmen, daß Graf Spiegel den Zettel mit der Notiz „Andersen, Gedichte, Chamisso" ganz einfach in den Papierkorb flattern ließ. Natürlich ist es verlokkend zu untersuchen, ob von der kaiserlich-königlichen Gesandtschaft in München seinerzeit eine Warnung nach Wien abging, daß Hans Christian Andersen sich ante portas befand. Die Durchsicht der zwei dicken – und naturgemäß etwas verstaubten – Faszikel mit den Münchner Gesandtschaftsberichten aus dem Jahre 1834, die im Haus-, Hof- und Staatsarchiv auf dem Minoritenplatz in Wien (intern hübsch auf HHuStA abgekürzt) eingesehen werden können, zeigt den Grafen Spiegel als einen fleißigen, gewissenhaften

Beamten mit einer energischen Unterschrift und einem verhältnismäßig schnörkelfreien Stil. Der Name Andersen kommt in seinen Berichten an den „Durchlauchtig-Hochgeborenen Fürsten“ in Wien *nicht* vor, woraus man ruhig schließen darf, daß er den jungen Dänen als völlig harmlos erkannte. Beim leisesten Zweifel hätte der Gesandte nämlich zur Feder gegriffen. Beispielsweise berichtete er wenige Tage vor dem Besuch Andersens an seinen Herrn und Meister über eine Blutegelhändlerin – es gab seltsame Berufe –, „die angeblich mit dem Blutegelhändler Salomon Hyppolite aus Paris von Varasdin hierher gereist war“ und einen neuen Paß haben wollte, sich aber nicht mehr blicken ließ, als ihr bedeutet wurde, sie müsse eine polizeiliche Erklärung über den Inhalt ihres, wie sie behauptete, verlorenen alten Passes vorlegen.

Eine Depesche über einen „politischen Skribenten“ enthält das Aktenbündel für Mai und Juni 1834 übrigens, nicht Andersen, sondern Saphir betreffend, der gerade damals den Schauplatz seiner publizistischen Tätigkeit von München nach Wien verlegte. „Obgleich ich Euer Durchlaucht nichts Neues über den Genannten zu melden habe“, schreibt Graf Spiegel an Metternich, „und nur noch in Erinnerung zu bringen mir erlaube, daß er in mehreren Nummern hier erscheinender Blätter sich im Sinne der K. K. Regierungen zu äußern bemühte; so glaube ich doch, die Angabe desselben, seine Journalisten-Bereitwilligkeit künftig für Österreich zu verwenden, nicht unangezeigt lassen, und dabei noch anfügen zu sollen, daß er . . . auch Empfehlungsschreiben I. M. der Königinwitwe, des Fürsten Wrede u. a. mit sich nehme . . .“

Für Saphir war es ein Glück, daß seine Kollegen, die Schriftsteller in Wien, keinen Einblick in die Depeschen an die Hohe Geheime Haus-, Hof- und Staatskanzlei hatten. Wäre ihnen die Empfehlung aus München vor Augen gekommen, durch die Moritz Gottlieb Saphir im vorhinein Persona grata bei den Machthabern werden sollte, so wäre er wohl gleich so unbeliebt gewesen, wie er es in Wiens literarischen Kreisen später tatsächlich wurde. Niemand leugnete seinen blendenden Witz. „Der Humorist", Saphirs eigenes Blatt, das bis zu seinem Tod herauskam, wurde vom Wiener Publikum verschlungen. Was man ihm vorwarf, war Charakterlosigkeit und eine fast perverse Lust, anderen Leuten auf die Zehen zu treten – namentlich den Kollegen. Grillparzer widmete ihm denn auch eines seiner ätzendsten Epigramme: „Du zählst dich zur Literatur? Gar viel, was für dich spricht: Die Nacht gehört ja auch zum Tag, wenngleich zum Hellen nicht." Bauernfeld behauptet in seinen Erinnerungen, daß Saphir unter dem Metternichschen System mit seinem Blatt „gleichfalls in das Regierungshorn stieß und ab und zu Alarmsignale gegen uns liberale Schriftsteller erschallen ließ". Castelli bezeichnet ihn als „ein ungeheures Talent, ja ein Genie", referiert aber auch einen bündigen Ausspruch des Malers Daffinger über sein Äußeres: „Saphirs Porträt kann ich im Schnee pissen."

Schön war es nicht gesagt, aber daß Saphir wirklich nicht schön war, wird uns – von den existierenden Porträts und Karikaturen ganz abgesehen – auch von Andersen bestätigt, der ihn noch in München und ein paar Wochen später bereits in Wien sah. Saphir stand, um einem Schauspieler Adieu zu sagen, am Stadttor, als Andersen München am 31. Mai in Richtung Salzburg verließ. „Er ist aus der Nähe noch unendlich viel häßlicher als aus der Entfernung", notierte Andersen.

Obwohl es chronologisch nicht hierher gehört, sei festgestellt, daß er persönlich keinen Anlaß hatte, sich über die Behandlung in Saphirs Blatt zu beklagen. Als er, längst europaberühmt, im März 1846 zum drittenmal nach Wien kam, brachte „Der Humorist“ eine Notiz über die Anwesenheit des dänischen Dichters, in der es heißt:

„Andersens Persönlichkeit weicht im Äußerlichen von dem Bilde ab, das man sich von dem Verfasser der wunderlieblichen ‚Märchen‘ macht, aber seine Sprache, seine ganze Ausdrucksweise, bis auf den weichen dänischen Dialekt des Deutschen, zeigt so viel kindlich Gemüthliches, daß man sich im ersten Augenblick zu dem langen, schmalen, gewissermaßen weibisch eleganten Manne hingezogen fühlt. Er geht wieder in das Land seiner Sehnsucht – Italien!“

Das war wie gesagt 1846. Vorläufig war es 1834, und er „ging“ – über Salzburg – nach Wien.

METTERNICHS POLIZEI FINDET EINEN HUT GEFÄHRLICH

Für eine Reise im Pferdewagen erforderte die Strecke München–Salzburg eine Übernachtung. Die Fahrgäste des „Lohnkutschers“, fünf insgesamt, wurden in einem Gasthof in Frabertsham, noch auf bayrischem Boden, einquartiert. („So gut wie kein Ort. Eine Menge Hirschgeweihe in den beiden größten Stuben.“)

Andersen schlief unruhig, von Zahnweh geplagt. Das war bei ihm weit weniger ungewöhnlich als sein Traum – einer jener Träume, in denen der Schläfer in einer Schicht seines Unterbewußtseins die Traumsituation ganz rational kommentiert. Tagebuch: „Viel vom König von Bayern geträumt. Ein ganz wunderlicher Traum, er sagte mir, ich solle die Nummer 121 in der Lotterie nehmen, um zu gewinnen, und ich sagte: Oh, das ist ja ganz wie im Lumpazivagabundus!“

Soweit der durchaus „richtige“, rationale Kommentar. Andersen hatte den *Lumpazivagabundus,* der damals noch verhältnismäßig neu war – die bejubelte Uraufführung im Theater an der Wien hatte am 11. April 1833 stattgefunden –, kurz zuvor in München gesehen. Weniger rational war es, daß der König von Bayern, Ludwig I., im Traum die Funktion der Fee Fortuna übernommen hatte. Im Jahre des Herrn 1834 war Andersen als Dichter noch keineswegs etabliert, etliche Jahre sollten verstreichen, bis er damit rechnen konnte, an königliche Tafeln gebeten zu werden. Erst 1852, als er seit langem hoffähig und durchaus hofgewohnt war, wurde er Ludwig vorgestellt, der übrigens inzwischen zugunsten seines Sohnes Max abgedankt hatte. Maximilian II. seinerseits wurde tatsächlich einer der königlichen Freunde Andersens. War der Vater bausüchtig, so hatte der Sohn die Vorstellung vom Sänger, der „mit dem König gehen" soll, weil sie beide „auf der Menschheit Höhen" wohnen. Es war ein Gedankengang, der dem Schustersohn aus der dänischen Provinz durchaus nicht fernlag. („Ich saß allein auf einer Bank mit dem König. Er sprach von allem, was Gott mir gegeben hat . . . ich sagte, ich wolle nicht König sein, die Verantwortung sei so groß, ich vermöchte die Aufgabe nicht zu lösen . . . Herzlich und vertraulich sprachen wir" – Tagebuch, nach einem Tag am Starnberger See, 1852.)

Das Amüsante am Andersenschen Traum à la Lumpazi ist, daß er wie die drei Handwerksburschen bei Nestroy handelte, nämlich nach dem Aufwachen ein Los mit der Glücksnummer kaufte. Nicht sofort, wohl aber zu Hause in der dänischen Klassenlotterie. Die Nummer 121 gab es allerdings nicht, doch behielt er die magische Zahl als Kernstück einer anderen Palindromzahl für sein Lotterielos bei: 41214.

Der Rest ist nicht mehr wie im Lumpazivagabundus: Andersen gewann nie den Haupttreffer, aber wenn sich eine Ziehung näherte, spielte er regelmäßig mit dem Gedanken an den Haupttreffer. Das Los spukt, spaßig und rührend zugleich, in den Tagebüchern und im Briefwechsel mit Edvard Collin, der während der häufigen und langen Abwesenheiten des Dichters für die Erneuerung des Loses sorgte – immer wieder mit derselben Nummer, bis zum Tod Andersens. Erst im November 1873 (!) konnte Andersen notieren: „Meine Nummer, 41214, ist gezogen." Der Haupttreffer war es nicht, aber immerhin gewann er 500 Reichstaler.

Mit dem Visum des k. k. Gesandten in München versehen, hatte Andersen trotz seiner chronischen „Paßangst“ keinerlei Ursache zur Nervosität. Die Paßkontrolle an der bayrisch-österreichischen Grenze war jedoch eine böse Überraschung. Wie er die Episode in der Selbstbiographie schildert, war sie ebenso grotesk wie bezeichnend für das, was die Freisinnigen im Vormärz bitter das „System“ nannten.

Der Grenzpolizist, der Andersens Paß studierte, fragte ihn um seinen Namen. Hans Christian Andersen, antwortete er, ohne daran zu denken, daß im Paß etwas anderes stand, „Jean Chrétien“ nämlich, Hans Christian ins Französische übersetzt. „Nun begann ein Examinieren, das ans Komische grenzte. Mir allein, der ich weder Zigarren noch irgendwelche Konterbande mithatte, wurde der ganze Koffer durchwühlt, und ich selbst wurde streng untersucht.“ Ganz besonderen Verdacht erweckte sein Zylinder. Was das sei? Andersen erklärte:

„Ein Gesellschaftshut. ‚Was für eine Gesellschaft?‘ fragten sie, ‚doch keine geheime?‘ Mein Efeukranz vom Weihnachtsfest in Rom war ungemein verdächtig. ‚Sind Sie in Paris gewesen?‘ wurde gefragt. – ‚Ja!‘ – Und nun ließen sie mich wissen, daß in Österreich alles sei, wie es sein sollte, daß man da keine Revolutionen haben wolle und mit dem Kaiser Franz zufrieden sei. Ich versicherte ihnen, daß ich das auch sei, ich sei ein Hasser von Revolutionen und in höchstem Maße ein guter Untertan. Es half nichts, gerade ich, vor allen anderen, wurde aufs strengste untersucht.“

In der Polizeihofstelle in Wien sah man viele Gespenster umgehen, und gerade 1834 waren Weisungen an die Grenzposten ergangen, ganz besonders auf der Hut gegen alles zu sein, was nach Revolution und Aufruhr roch.

Zwar war Andersen unpolitisch und wirklich ein „Hasser

von Revolutionen", aber unkritisch war er nicht. Er hatte auch Gespür für Atmosphäre, und die Luft, die ihm da entgegenwehte, sagte ihm nicht zu.

Salzburg siegte, dennoch. Vergessen war der peinliche Vorfall an der Grenze – „der mich sehr genierte, da ich ja ein ruhiger, friedlicher Mensch bin" (Tagebuch) –, sobald er in der „Goldenen Traube", Linzergasse, von seinem Zimmer aus entdeckte, daß die Häuser mit ihren flachen Dächern „italienisch" aussahen. „Salzburg liegt ganz herrlich", berichtete er nach Hause.

Von den Salzburger Eindrücken reichen ein paar über das rein Fremdenverkehrliche hinaus.

„Ich habe ein altes Plakat gefunden", heißt es in der langen Tagebucheintragung vom 2. Juni. „Man hat hier Cendrillon als deutsches Zauberstück gegeben, Anine heißt hier: *Rosa genant Kuchelgredel, miserabel gehaltene Tochter und enorm maltratirte Schwester.*" (Tagebuch-Orthographie.)

Hier irrt Andersen. Insofern, als es sich nicht um eine in ein „deutsches Zauberstück" verwandelte Ausgabe der in jenen Jahren vielgespielten Oper *Cendrillon* von Nicolo Isouard handelt, sondern um eine sozusagen doppelte Parodie von keinem Geringeren als Nestroy: *Nagerl und Handschuh oder Die Schicksale der Familie Maxenpfutsch,* mit dem Untertitel „Neue Parodie eines schon oft parodierten Stoffes". Eine Schauspielerin des damals von Raimund geleiteten Leopoldstädter Theaters, Auguste Schreiber, hatte 1830 eine Parodie der Isouard-Oper gedrechselt, die sie „Finette Aschenbrödel oder Rose und Schuh" nannte, daher Nestroys „Nagerl [= Nelke] und Handschuh", Parodie auf die Parodie. Die Nestroysche Parodie hatte im Josefstädter Theater – Erstaufführung 23. März 1832 – einen stürmischen Erfolg, vor allem scheint der Pas de trois „der Herren Hopp, Nestroy und Scholz in modernen Damenanzügen" „von schlagender Wirkung" gewesen zu sein. Nestroy gab den Ramsamperl, „Erbe unzähliger magischer Herrschaften".

Daß Andersen das in Salzburg entdeckte Theaterplakat erwähnt, hat seine ganz besonderen, höchst persönlichen Gründe. Als er ein Bub war, wurde *Cendrillon* bei einem Gastspiel des Königlichen Theaters in seiner Heimatstadt Odense aufgeführt. Der theaternärrische Junge durfte als Statist mitwirken, ja sogar ein paar Worte sprechen. Dieses unerhörte Erlebnis trug zweifellos zu dem Entschluß des Vierzehnjährigen bei, sich, versehen mit ein paar Talern und einem kleinen Bündel, in die Hauptstadt zu begeben, um dort „berühmt" zu werden. Es war auch ganz natürlich, daß der schlaksige Bursche, der als erste zielbewußte Handlung die Primaballerina des Theaters aufsuchte, ihr – zum Beweis für die Berechtigung seiner Theaterambitionen – auf Strümpfen, mit dem Hut als Tamburin, eine Szene aus *Cendrillon* vorsang und vortanzte. Leser des *Märchen meines Lebens* wissen, daß die Tänzerin, „wie sie mir selbst viel später gesagt hat, glaubte, ich sei verrückt, und sich beeilte, mich loszuwerden". –

Aufzeichnenswert fand Andersen in Salzburg auch die Entdeckung, daß Paracelsus in nächster Nähe der „Goldenen Traube" gestorben war. Im Tagebuch referiert er ausführlich, wie ihm der Tod des großen Arztes von einem Einheimischen drastisch geschildert wurde: Paracelsus konnte „die Podagra heilen, die die vornehmen Leute in den Beinen haben. Das ärgerte die Doktoren, und sie gaben ihm Gift, aber er merkte es und war so klug, es austreiben zu können, sperrte sich deshalb ein und sagte zum Diener, er dürfe nicht aufmachen, bevor er Bescheid bekomme; aber als er das Gift schon im Hals oben hatte, öffnete dieser die Tür, und Paracelsus fiel tot um."

Diese Moritat ist fast wörtlich aus dem Tagebuch in die Selbstbiographie übernommen, wo Andersen hinzufügt: „Armer Paracelsus! Er wurde ein Scharlatan genannt und war doch ein Genie, ging in seiner Kunst seiner Zeit voraus; aber jeder, der dem Wagen der Zeit vorangeht, wird von den Pferdehufen geschlagen oder niedergetrampelt." Paracelsus sei für ihn immer eine „romantisch anziehende Persönlichkeit" gewesen, ein geeigneter Gegenstand für eine (dänische) Dichtung, da ihn sein Wanderleben auch nach Dänemark geführt habe.

Andersen wäre von dem *Paracelsus* Schnitzlers – „wir spielen immer – wer es weiß, ist klug" – fasziniert gewesen.

„Ist man in Salzburg, so muß man nach Hallein", steht im *Märchen meines Lebens.* Also wanderte Andersen, zu Fuß selbstredend, nach Hallein. „Sie hätten meine hohe, poetische Figur in weißer Bergmannstracht mit der Lampe in der Hand zwischen Salzsäulen sehen sollen", schrieb er an Jette Wulff. Von Hallein marschierte er weiter zum Gollinger Wasserfall. Der Wirt in Kuchl gab ihm als Führer Hansl mit, einen Buben von acht bis zehn Jahren, und über ihn heißt es in der Selbstbiographie:

„Der kleine Kerl war von einer Verständigkeit, einem ganz eigenen Ernst, nicht ein Lächeln glitt über sein Gesicht; erst als er dicht vor dem schäumenden Wasser stand, das im Herabstürzen dröhnend brauste, da leuchteten seine Augen, da lächelte der Kleine so glückselig, so stolz: ‚Das ist der Gollinger Fall!' Das Wasser rauscht und rauscht noch immer – ich habe es vergessen, nicht aber das Lächeln des Knaben."

Ignaz Franz Castelli (1781–1862).

Oben: Gesellschaftswagen um 1820.
Unten: Silbernes Caféhaus, Kreidelithographie (von links nach rechts: Jarosinsky, Deinhardstein, Castelli, Lanner, Strauß-Vater, Raimund, Ignaz Schuster).

Oben links: Franz Grillparzer. Stahlstich von Franz Stöber (1840) nach einem Gemälde von Josef Danhauser.
Oben rechts: Joseph Sonnleithner (1766–1835). Porträt von Alois Korner.
Unten: Hietzinger Platzl. Lithographie von Czerny (1866).

Oben: Kloster Melk a. d. Donau. Zeichnung von H. C. Andersen (1834).
Unten: Wiener Stadtgraben. Zeichnung von H. c. Andersen (1834).

In unmittelbarem Anschluß an die Hansl-Episode illustriert Andersen den Mechanismus des Sicherinnerns noch an einem anderen Beispiel. Auf der Postkutschenfahrt von Salzburg nach Wien – fünf Tage und vier Übernachtungen! – besichtigte er das Stift Melk. „Hier wie anderswo wird oft etwas, was viele unwesentlich oder zufällig nennen würden, aufgefaßt und in der Erinnerung bewahrt. Das prächtige Kloster Melk an der Donau hat mit all seinem Marmor, seiner erhabenen Aussicht bei mir nur eine dauernd frische Erinnerung hinterlassen, an einen großen schwarzen Brandfleck auf dem Fußboden. Es war im Kriege 1809, die Österreicher lagen am nördlichen Donauufer, Napoleon hatte sein Quartier im Kloster; eine Depesche, die er im Zorn anzündete und wegwarf, hat ein Loch in den Boden gebrannt."

Hier ist erklärend hinzuzufügen, daß Andersen dem Geschlecht der Napoleonschwärmer angehörte, worüber später noch mehr zu sagen sein wird.

Der napoleonische Brandfleck im klösterlichen Fußboden von Melk war das eine große Erlebnis auf der Fahrt nach Wien – das andere hatte Andersen bereits in Linz gehabt.

Postkutschen, in seinen jungen Jahren das einzige kollektive Verkehrsmittel zu Lande, betrachtete er als Marterkästen auf Rädern. Er jubelte, als der „Dampfdrache" – die Eisenbahn – kam, und schrieb entzückt, nun wisse er, was es heiße zu fliegen, „so müssen die Vögel die Städte hinter sich lassen". Diese Erfahrung machte er zwar erst auf seiner nächsten großen Reise, 1840 bis 1841, aber in Linz, wo er übernachtete, konnte er am 6. Juni 1834 das Vorstadium des späteren Dampfdrachens betrachten: „Eine fertige Eisenbahn, es sind nur auf die Straße gelegte Eisenschienen, und darauf fahren eigene Wägen, ich sah vier, die Räder sind klein und dicht beisammen, aus Eisen gegossen. Drei Pferde ziehen die ganze Last, sagte die Schildwache." So das Tagebuch über die berühmte Eisenbahn von Linz nach Budweis, die, noch von Pferdekräften im buchstäblichen Sinn des Wortes gezogen, 1832 als erste auf dem Kontinent eröffnet worden war.

Andersen, erfüllt vom optimistischen Zukunftsglauben des vorigen Jahrhunderts, sah in den Maschinen „die großen Träger des Geistes in unsrer Zeit" und fand diese Zeit deshalb „die poetischeste", wie er sich in einem Brief an H. C. Ørsted ausdrückte. Sogar das Embryo der dampfgetriebenen Eisenbahn war ihm „ungemein interessant". Mehreren seiner Korrespondenten berichtete er brühwarm darüber, und der schwesterlichen Freundin Jette Wulff gegenüber erlaubte er sich eine unschuldige Prahlerei: „In Linz sah ich zum erstenmal die Donau und fuhr auf Eisenbahnen."

Von der Donau heißt es in einem anderen Brief, sie sei „ein schöner, großer Fluß, aber nicht so blau wie die Rhône, nicht so grün wie der Caragliano, aber auch nicht so dreckig [sein Ausdruck] wie der Tiber, sondern eher gelbgrau wie die Elbe oder der Po." – „Das ist jedenfalls ein Strom!" wird im Tagebuch festgestellt.

ANFECHTUNGEN

Hans Christian Andersen hielt seinen Einzug in Wien am 9. Juni 1834, einem Montag. Die Nacht zuvor, die vierte auf der Postkutschenfahrt von Salzburg, hatte er in St. Pölten verbracht, dem die meisten Wiener unrecht tun, indem sie es hauptsächlich als Eisenbahnstation betrachten. Er bekam dort „ein nettes Zimmer und stille, hübsche Mädchen“ – man beachte die Mehrzahl! – zur Bedienung, hatte aber „Geldsorgen, daß die hundert Speziestaler, von denen noch dazu die Hälfte fehlt, nicht reichen könnten, mich nach Hause zu bringen“. (Tagebuch.)

Die restlichen Taler wurden ihm zwar nach Wien geschickt, aber nichtsdestoweniger mußte er jeden Groschen zweimal umdrehen, denn noch stand die lange eigentliche Rückreise bevor. Das machte ihn zweifellos doppelt allergisch gegen die unbestreitbare Tatsache, daß Wien nie eine billige Stadt gewesen ist und es in Anbetracht seiner Lage, Geschichte und – vor allem – Funktion auch gar nicht sein konnte. Im gleichen Brief an seinen „herzensguten, lieben Vater“, Jonas Collin, in dem Andersen für den überwiesenen Betrag dankt, klagt er darüber, daß „es sich in Wien ebenso teuer lebt wie in Paris, man bezahlt alles doppelt wie in München, der Himmel mag wissen, woher es den Ruf des Billigseins hat; ich muß derart sparen, daß bei meiner Heimkehr bestimmt kein Quentchen Fett an mir zu finden ist“.

Wie überall, wo er sich längere Zeit aufzuhalten gedachte, suchte er natürlich auch in Wien eine private Unterkunft, ließ sich aber am Ankunftstag zum Gasthof Matschakerhof in der Spiegelgasse fahren. Der für sein Ohr seltsam klingende Name – der erste Besitzer des ursprünglichen Hofs, ein Ritter kärntnerischer Herkunft, hieß Hanns Matschaker – inspirierte ihn zu einem nicht übermäßig witzigen Wortspiel: „Vird man da nicht masakrirt?" fragte er den Kutscher (so steht es auf deutsch im Tagebuch). Man kann es dem Kutscher nicht verdenken, daß er den Scherz nicht kapierte, sondern ernsthaft versicherte, er habe „schon viele Fremde hierher geführt, aber keinem sei etwas zugestoßen".

Im Gasthof fand Andersen „alle Zimmer besetzt bis auf eins, und das bekam ich, verzehrte meinen Salat und ging müde und schläfrig zur Ruhe, nachdem ich erst noch ein paar Straßen durchtrabt hatte, die wirklich pariserisch lebendig aussahen. War in der Stephanskirche und in ein paar Häusern, wegen Zimmer."

Ein solches fand er am nächsten Tag in der Bognergasse, bei einer Kaufmannsfamilie, die allerdings auf dem Land war „außer der Köchin, sie war halbnackt, als sie mir aufmachte". Der Anblick scheint Andersen schockiert zu haben. „Ich glaube, mein Mädchen geht den größten Teil des Tags halbnackt", vermerkt er auch am folgenden Tag. Weniger schockiert war der gleichaltrige Laube – Andersen sollte ihn viele Jahre später als Burgtheaterdirektor kennenlernen –, der von seinem ersten Wienbesuch, ein Jahr vor Andersen, in einer „Reisenovelle" schrieb: „Die Stubenmädel schlüpften an den Häusern hin. Sie gaben sich nicht viel unnütze Mühe, die bloßen Schultern zu bedecken, das Tüchlein war doch zu schmal . . . Wenn man sie ansah, lachten sie."

Für den Reiz des solchermaßen oberflächlich angedeuteten Typs – man ahnt an einem fernen Horizont das „süße Mädel" Schnitzlers – besaß Andersen kein Organ. Liebelei war ihm fremd, von erotischem „Reigen“ ganz zu schweigen. „Wenn ich in Italien zum Fenster hinaussah“, heißt es am 25. Juni im Wiener Tagebuch, „brauchte ich nur aufzuschreiben, was ich sah, und hatte schon etwas Interessantes, aber hier – seht einmal! – alle Fenster offen, halb angezogene Stubenmädel kehren die Fußböden. Grüne Blumenkästen vor den Fenstern. Der Fleischhauer verkauft Fleisch, Mädchen mit Einkaufskörben, Leute in Mänteln und mit Kartoffelgesichtern gehen vorbei – Oh! die Milchkanne mit dem winzigen Hut und der hölzerne Heilige am Haus hier, der ein großes Bukett an der Brust hat, sind das einzige Fremdartige.“ Vorsichtshalber sei festgestellt, daß Andersen nicht nur den Wienern „Kartoffelgesichter“ vorzuwerfen hatte. Er fand auch die Schweden aussehend „wie gekochte Kartoffeln“, als er sich – Jahre später – in Göteborg beglotzt fühlte. Übrigens stammten die Kartoffelgesichter als Ausdruck nicht von ihm, sie waren von Heine übernommen.

In Wirklichkeit hatte Andersen von den Wienern einen weit nuancierteren Eindruck, als die verdrießliche Tagebuchnotiz vermuten ließe. Mit seinen scharfen Reporteraugen sah er sofort, wie bunt die Menschenmenge in den Straßen zusammengesetzt war. Das war „fremdartig“, und es gefiel ihm. In einem Brief erwähnt er „schöne Griechinnen mit blauen Augen wie homerische Göttinnen, dicke, häßliche Türken und braungelbe Zigeuner, die mir am besten gefallen“. An letzteres werden wir uns noch erinnern müssen.

Er stellte auch fest, daß die Wiener „Phantasie in Namen haben, so in allen Walzern von Lanner und Strauß, so auf allen Schildern“. Die Ladenschilder fand er hinreichend amüsant, um ihnen im Roman *Nur ein Geiger* eine Fußnote zu widmen:

„In Wien ist bei jedem Laden ein Schild, nach dem er seinen Namen hat, so: der Kardinal, Madame Catalani, der König von Dänemark usw. Sie haben oft Porträtähnlichkeit und einzelne einen künstlerischen Wert, zum Beispiel das Schild bei einer Apotheke, das die Heimkehr des jungen Tobias zeigt.“

Die „Namensphantasie“ der Wiener hätte Andersen mit einem prächtigen Beispiel aus seinem Bekanntenkreis belegen können, dem Kaufhaus „Zum schmeckenden Wurm“ in der Bäckerstraße. Es war im Besitz der Familie Baumann, und der junge Alexander Baumann gehörte zu den Wienern, die Andersen – bei seinem zweiten Besuch, 1841 – ganz besonders sympathisch fand.

Kein Däne, der im ersten Drittel des vorigen Jahrhunderts nach Wien kam, unterließ es, den Regierungsrat Joseph Sonnleithner aufzusuchen, der sich aus Dänemark, wo er seinerzeit in kaiserlichem Auftrag Volksliedmelodien sammelte, eine Frau geholt hatte. Sie hieß Wilhelmine, Mariboe mit ihrem Mädchennamen. Bei Joseph Sonnleithner im Hause Nr. 1133 am Graben, an der Ecke der Bräunerstraße, fanden zwar keine berühmten Musikabende statt wie bei seinem Bruder Ignaz auf dem Bauernmarkt, dem Advokaten, dessen Haus laut Hanslick „einer der vorzüglichsten Hausaltäre des musikalischen Cultus in Wien“ war, aber dafür wurden Dänen am Graben „mit einer Freundlichkeit empfangen, die allen unvergeßlich ist“. So schreibt einer von Andersens Freunden, N. C. L. Abrahams, der 1825 in Wien war und sich dort herrlich amüsierte. „Ihre Töchter waren liebenswürdige, wohlerzogene Mädchen, die wir als Schwestern betrachteten“, fügt er in seinen Erinnerungen hinzu.

Andersen, natürlich mit einer Empfehlung an Joseph

Sonnleithner und Gattin ausgerüstet, suchte ihn gleich am Tag nach seiner Ankunft auf, im Amt. Er fand ihn „einen ältlichen Mann, der mir nicht gefiel, er redete auch schlecht von Deinhardstein als Dichter, und was hat Sonnleithner geleistet? Ich wurde für den Abend zu seiner Familie in Hietzing eingeladen."

Sonnleithner, der im folgenden Jahr starb, mag im Juni 1834 älter als seine neunundsechzig Jahre gewirkt haben. Andersen hatte wohl auch darin recht, daß er als Dichter – will man überhaupt diese Bezeichnung anwenden – keinen Anspruch auf unvergängliche Lorbeeren hatte, selbst wenn Stücke von ihm auf dem Theaterspielplan standen. Sein Libretto zur ersten Version des *Fidelio,* die im Franzosenjahr 1805 keinen Erfolg hatte, ist bestimmt kein Gegenbeweis. Dennoch war Andersen, freilich nichtsahnend, sehr ungerecht mit seiner rhetorischen Frage: „Und was hat Sonnleithner geleistet?" Dieser Sonnleithner stand in der ersten Reihe der Kulturträger im vormärzlichen Wien, aktiv im Theaterleben wie auch – namentlich! – im Musikleben: Von 1804 bis 1814 war er Hoftheatersekretär. Er war gemeinsam mit seinem Bruder Ignaz Gründer der „Gesellschaft der Musikfreunde" im Jahre 1812, eine Jahreszahl, die also nicht nur wegen Napoleons Debakel in Rußland bemerkenswert ist. Zwei Jahre vorher organisierte Sonnleithner die „Gesellschaft adeliger Frauen zur Beförderung des Guten und Nützlichen" und sorgte als ihr Sekretär für den ersten Vortrag eines Schubertlieds – Michael Vogl sang den *Erlkönig* – in einem größeren öffentlichen Kreis, am Aschermittwoch 1821. Damit ergänzte Sonnleithner gewissermaßen die Freundschaftshandlung seines Neffen Leopold, der mit ein paar anderen beherzten „Schubertianern" für die Drucklegung des *Erlkönig,* Opus Nr. 1, sorgte, als die Musikverleger, in Wien waren es Tobias Haslinger und Antonio Diabelli, sich weigerten, Geld in einen noch unbekannten Komponisten zu investieren, der obendrein eine „zu schwierige“ Klavierbegleitung zu seinen Liedern schrieb.

Seit 1828 lag Schubert auf dem Währinger Ortsfriedhof. Dorthin begab sich Andersen Montag, den 20. Juni 1834, um zu Beethovens Grab zu pilgern, aber „erst sah ich das des Tonkünstlers Franz Schubert, wo seine Büste steht; einige Gräber weiter war das von Beethoven, um einen fliegenden Schmetterling beißt sich eine Schlange in den Schwanz – der Name Beethovens in goldenen Buchstaben ist die ganze Inschrift, ein kleiner Obstbaum wuchs beim Grabstein, ich pflückte ein Blatt und zeichnete das Grab, wie ich es sah, mit Ungarns fernen Bergen dahinter“.

„Ungarns ferne Berge“ – womit das Leithagebirge gemeint ist – sind auf der Zeichnung kaum zu ahnen. Die Skizze ist ein Dokument. Der Währinger Ortsfriedhof ist heute eine Parkanlage, und die Gräber Beethovens und Schuberts sind bekanntlich leer; die beiden liegen seit 1888 in ihren Ehrengräbern auf dem Zentralfriedhof. Auf dem Stein über Beethovens leerem Grab in Währing beißt sich nach wie vor die Schlange in den Schwanz, Symbol der Ewigkeit, und der Schmetterling flattert als Symbol der Seele, aber der „kleine Obstbaum“ fehlt, von dem Andersen ein Blatt für seine Sammlung solcher Blätter von ihm heiligen Stätten pflückte, und ein mehrstöckiges Haus benimmt heute jeden Ausblick auf ferne Berge.

In seinem Tagebuch notierte Andersen auch die Inschrift Grillparzers, die noch immer unter dem bronzenen Schubertkopf steht: „Die Tonkunst begrub hier einen reichen Besitz, aber noch viel schönere Hoffnungen. Franz Schubert liegt hier.“

Ihren Verfasser lernte Andersen bei Sonnleithner kennen – Grillparzers Mutter war eine geborene Sonnleithner –, allerdings nicht gleich beim ersten Besuch in Hietzing.

An seinem ersten ganzen Tag in Wien lief Andersen sich die Schuhsohlen ab. Er fand und mietete das Zimmer in der Bognergasse. War zweimal auf der Polizei, wo man „sehr höflich" war. Besuchte einen in Wien tätigen Landsmann, einen Rabbiner. Mußte drei Wege machen, um dem Leiter des Burgtheaters, dem Regierungsrat Deinhardstein, ein Empfehlungsschreiben zu überreichen. Suchte dem dänischen Gesandten eine Höflichkeitsvisite abzustatten, aber dieser war verreist. Zwischendurch war er natürlich auf der Post, immer einer seiner ersten Gänge. („Keinen Brief bekam ich.") Er fand auch Zeit für die Stephanskirche, „die alt ist, gotisch, aber mich gar nicht so beeindruckt hat wie der Mailänder Dom, nein, jetzt überrascht mich nichts mehr".

Trotz all dieser Wege und Unternehmungen war er um vier Uhr auf dem Petersplatz, um in einem „Gesellschaftswagen" Platz zu nehmen, Vorgänger des Stellwagens und damit auch des Omnibusses „für alle". Die Gesellschaftswägen vom Petersplatz nach Hietzing und damit auch nach Schönbrunn fuhren, wie ebenfalls in einer Fußnote im Roman *Nur ein Geiger* zu lesen, alle halben Stunden – kein schlechter Service.

Im Wagen saß neben ihm eine Bankiersfrau, „sie begann sich sogleich im Französischen zu üben . . . interessant wollte sie sein". Als er verriet, daß er ein Dichter sei, „versicherte sie, daß sie sofort gemerkt habe, ich sei ein Künstler, an der Art, wie ich mich ausdrücke. Sie war eine galante Madame" – was nicht als unbedingtes Lob gemeint war.

Mit nordischer Pünktlichkeit erschien Andersen auf die

Minute um fünf Uhr bei der Familie Sonnleithner. Das war etwas übertrieben. Der Herr Regierungsrat, den er auf der Straße traf, bedeutete ihm, daß er zu früh dran sei, er möge doch noch ein bißchen spazierengehen. Andersen „fand dies unverschämt und hatte die Absicht, nach Hause zu fahren", stieß aber auf seine „Madame", die gleichfalls ihre Bekannten verfehlt hatte. „Wir gingen eine Weile im Park spazieren, sie wurde mir herzlich über, ich brach auf und schlüpfte in die Kirche, die ziemlich uninteressant ist." Der kurze Besuch in der Hietzinger Pfarrkirche hatte jedoch die Wirkung, daß sein Ärger verdampfte, „ich ging zu den Sonnleithners, trat in einen kleinen, aber hübschen Garten, der voller Rosen war, hier kamen mir Herr und Frau des Hauses ungemein freundlich entgegen, sprachen dänisch (der Mann hatte zuvor nur deutsch gesprochen), führten mich an einen Tisch mit einer Schar von Damen, zeigten mir ihre Töchter". Das waren die prächtigen Mädchen, die laut Abrahams von den dänischen und norwegischen Gästen des Hauses als Schwestern betrachtet wurden.

Es kann nicht behauptet werden, daß Andersen die Sonnleithnersche Gastfreundschaft mißbrauchte. Er war während seines monatlangen Aufenthalts in Wien fünfmal bei ihnen, und im *Märchen meines Lebens* sagt er offen, daß er dort „nicht festwuchs, weil das Theater mich zog". Ein einziges Mal scheint Frau Sonnleithner ihm das etwas verübelt zu haben, jedenfalls heißt es im Tagebuch: „Es beliebte der Gnädigen zu schelten, daß ich das Theater ihrer Gesellschaft vorziehe." Das war am Sonntag, den 15. Juni. Nicht nur wurde ein ausgezeichnetes Essen serviert, mit „einem Dalmatinerwein, der etwas ganz Warmes an sich hatte", Andersen war noch dazu mit Grillparzer zusammen gebeten und saß neben ihm bei Tisch. Der Dichter erschien ihm „etwas zusammengefallen, war im übrigen recht angenehm". Dennoch, und trotz des sanften Einspruchs der Hausfrau, ging Andersen früh – er wollte den *Götz* im Burgtheater sehen.

War Frau Sonnleithner verschnupft, so war sie jedenfalls nicht nachträgerisch. Am 26. Juni entschloß Andersen sich kurzerhand um zehn Uhr vormittags, zu Fuß zur Familie Sonnleithner nach Hietzing zu pilgern. Wer die Mariahilfer Straße in ihrer ganzen Länge durchfahren hat, versteht den Tagebuchseufzer des marschierenden Andersen: „Die Vorstadt Maria-Hilf nimmt überhaupt kein Ende." Noch dazu brannte die Sonne. Es war wohltuend, endlich den Schönbrunner Park zu erreichen, „wo die Linden so gut dufteten".

Scherenschnitt von H. C. Andersen

Obwohl ungeladen und unangekündigt, wurde er von den Damen Sonnleithner sehr liebenswürdig empfangen, „bald fühlte ich mich ganz zu Hause, plauderte so recht aus dem Herzen heraus und schien ihnen immer mehr zu gefallen, sie forderten mich auf, mit Hausmannskost vorliebzunehmen, der Mann kam und war ebenfalls sehr nett". Wie immer, wenn Andersen sich mit Wärme aufgenommen fühlte, entfaltete er alsbald seine formidablen Gesellschaftstalente. „Ich brachte den Mädchen bei, wie man Abdrücke von Blättern herstellt, schnitt ihnen einen Gehängten aus, zuletzt bekam ich ein ganz starkes Herzklopfen, ich fuhr nach Hause, um ins Theater an der Wien zu gehen, fühlte mich aber so wunderlich, all mein Blut regte sich im Galopp." So versäumte er es, Nestroy, damals allerdings noch kein Begriff für ihn, in der Rolle des reichen Gutsbesitzers Herrn von Mißmuth im Zauberspiel *Der Berggeist oder Die drei Wünsche* von Josef Alois Gleich zu sehen.

Ob es die jungen Damen Sonnleithner waren, die ihm ein solches Herzklopfen verursachten, daß er auf einen Theaterbesuch verzichtete? Unmöglich ist es nicht. Die Tagebücher von der großen Reise 1833/34 enthalten zahlreiche Zeugnisse dafür, daß der Dichter oft „wilde Lust im Blut" verspürte und daß es ihm bisweilen gar nicht leicht fiel, „unschuldig" zu verbleiben. Die ärgsten Anfechtungen hatte er in Neapel: Zuhälter verfolgten ihn in der Abenddämmerung, eine „bella donna" anpreisend: „Ich kann merken, wie das Klima auf mein Blut einwirkt, ich verspürte eine rasende Leidenschaft, widerstand aber doch noch der Versuchung." Ein paar Tage später preist ein Zwölfjähriger, „der mich unbedingt verführen will", eine dreizehnjährige Schönheit, „sie habe sich erst in diesem Monat dem Fleisch hingegeben . . . forderte mich auf, sie nur anzusehen, ich würde nicht widerstehen können; ‚grade deshalb', dachte ich und sagte: no! no! no!" – „Neapel ist gefährlicher als Paris", heißt es weiter, „denn dort friert man, aber hier brennt das Blut. Gott, führe mich zum Vernünftigen und Besten. Ich halte diese Befriedigung für keine Sünde, finde sie aber widerlich und gefährlich mit solchen Geschöpfen und eine unverzeihliche Sünde mit einem unschuldigen Wesen."

In Wien wurde man nicht von Zuhältern und Kupplern in Gestalt minderjähriger Knaben verfolgt, auch war die Stadt schon rein klimatisch weniger erregend. („Hier ist es so kalt, das Klima wechselt jeden Tag", klagt Andersen in einem Brief.) Nichtsdestoweniger war in Wien kein direkter Mangel an Versuchungen beziehungsweise Versucherinnen. Tagebuch, 12. Juni: „Häßliche Bajaderen schwebten auf der Straße vorüber." 30. Juni: „Am Abend verfolgte mich eine widerliche Bajadere." Und am 15. Juni, nach dem *Götz* im Burgtheater: „Am Abend schien der Mond und ein wunderbar blauer Himmel zwischen den Wolkenfetzen. Es hatte gewittert. Die Tugend in Gefahr, mitgegangen – aber doch unschuldig." Dieses „mitgegangen" ist erstaunlich, denn in den Tagebüchern findet man Eintragungen dieser Art erst ein ganzes Menschenalter später. 1866, 1867 und 1868 besuchte Andersen in Paris einen „Menschenladen" – sein Ausdruck –, aber jedesmal hatte die erwählte Partnerin Anlaß sich zu wundern, daß er sich damit begnügte, zu „schauen" und – Konversation zu machen: „Vier Frauenzimmer traten vor mir auf, die Jüngste war angeblich achtzehn; ich bat sie zu bleiben. Sie war so gut wie im bloßem Hemd; sie tat mir so leid. Ich zahlte der Madame 5 Franken und gab ihr 5, als sie mich darum bat, tat aber nichts; sah das arme Kind nur an, das sich ganz entblößte und sich zu wundern schien, daß ich sie nur ansah."

Bei jedem seiner wenigen Pariser Bordellbesuche ging Andersen „vollkommen unschuldig“, obzwar er „in Gedanken“ sündigte, und jedesmal enthält das Tagebuch Ausdrücke wie „das arme Kind tat mir leid“ oder: „die arme Frau“. Nicht daß er die Prostituierten mit ausschließlich sentimentalen Augen betrachtete. „Die eine klebte von Puder, die zweite war ordinär, die dritte ganz Dame“, konnte er auch notieren. Und in den Cafés auf dem Boulevard sah er „gemalte Frauenzimmer, die Karten spielen, Bier und Chartreuse trinken“, ein Toulouse-Lautrecsches Bild. Wovor er aber wie vor der Sünde „in Handlung“ Angst hatte, das war, jemandem auch nur in Gedanken unrecht zu tun. Bei seinem zweiten Wienbesuch notiert er:

„Als ich an der Stephanskirche vorbeikam, lag vor den Heiligenbildern draußen ein armes junges Mädel und betete in dem unfreundlichen Wetter, sie hatte eine hübsche Figur, das rührte mich, aber gleich danach dachte ich, daß sie vielleicht hier liege, um ihre Figur zu zeigen und einen Ritter zu fangen. Ich wurde richtig bös auf mich wegen des schlechten Gedankens.“

Nach einem der späten und tatenlosen Pariser Bordellbesuche vertraute Andersen seinem Tagebuch an: „Ich war so froh und leicht, als ich aus diesem Haus herauskam. Viele würden mich einen Waschlappen nennen. Bin ich es darin?“

Die meisten der nicht ganz wenigen Geschlechtsgenossen – gleichaltrige, ältere und weit jüngere –, die sich im Laufe der Jahre bemühten, ihn zum Überbordwerfen seines Sexualschrecks und seiner Skrupel zu bewegen, würden wohl die Achseln gezuckt haben. Zu ihnen gehörte ein Landsmann, den Andersen bei seinem ersten Besuch im Sonnleithnerschen Haus kennenlernte: Dr. Ludvig Thune, ein junger Arzt, der in Wien „die therapeutisch-klinische

Lehrmethode" studierte und eine völlig komplexfreie Einstellung zu den Frauen und den Umgang mit ihnen gehabt zu haben scheint. „Thune in Hemdärmeln in der Kammer meines Mädchens", notiert Andersen in einer Parenthese. Der junge Mann drückte Verwunderung darüber aus, daß Andersen nicht wußte, „ob es in der Nachbarschaft hübsche Mädchen gibt, und daß ich mit meinem Gegenüber, das so oft im Fenster liegt, noch nicht geliebäugelt habe. Daß ich das Leben nicht genieße, sondern die Tage dahinwelken lasse." Der gute Doktor hatte auch sofort Diagnose und Rezept bei der Hand für „ein sonderbares Drücken bis in den Hals hinauf, und daß mein Blut in Bewegung ist. An der gleichen Krankheit sollen junge Mädchen leiden, wenn sie nicht heiraten; es sei die Natur, die ihr Recht verlange, aber nein, nein", fügt Andersen eilig hinzu, „die Natur kann nicht das Verderbliche wollen!"

In einer Zeit, in der es noch zulässig war, „Schmerz“ auf „Herz“ zu reimen und, ohne zu erröten, ein Wort wie etwa „Seele“ in den Mund zu nehmen, gehörte das Stammbuch in jedem gutbürgerlichen Haushalt mit einigen Ambitionen ebenso zum Inventar wie das silberne Besteck. Auf Reisen hatte es in gewissem Sinne die gleiche Funktion, die heute vom Fotoapparat erfüllt wird. Anstatt Schnappschüsse auszutauschen, schrieb man sich gegenseitig Verse, Sentenzen und Beteuerungen auf die Stammbuchblätter. Allerdings gab es da Unterschiede im Niveau.

Schon auf der Reise 1833/34 – von seinen späteren Reisen, als er bereits eine Berühmtheit war, ganz zu schweigen – hatte Andersen alle Ursache, sein Stammbuch als ein Kleinod zu betrachten.* Er gab es auch sehr ungern aus der Hand:

„Deinhardstein besucht, der seine Frau nach Baden begleitet hatte . . . Ich hinterließ mein Stammbuch für ihn, bin aber jetzt in tödlicher Angst, daß es verschwinden könnte.“ (Tagebuch, Sonntag, 29. Juni.) Seine Angst war grundlos. Er bekam das Stammbuch zurück, bereichert um sechs – nicht gerade persönliche – Verszeilen aus der Feder des Burgtheaterdirektors:

* Der Verlag Lademann, Kopenhagen, bereitet eine Faksimile-Ausgabe von *H. C. Andersens Albums I–V* vor. In diesen Albums bzw. Stammbüchern findet man alles, was zwischen 1830 und 1875 in Europa Rang und Namen hatte. Sie bilden ein einmaliges geistesgeschichtliches Dokument.

„Mag dir die nächste Stunde gleich zerschlagen
Was die vergangene dir aufgebaut
Wenn dir beym Spiel von gut und bösen Tagen
Der Tod auch stets in's frische Leben schaut
Blick' du auf den Kalender deiner Lieben
Und denke die sind doch mir treu geblieben.“

Weniger düster, vor allem aber etwas persönlicher, waren die sechs Zeilen, die Joseph Sonnleithner an jenem 26. Juni schrieb, an dem Andersen unangesagt in Hietzing auftauchte:

„Das kleine Land, aus dem du kommst, ist gleich
Der kleinen Ros' an tausend Blättchen reich,
Die sich in Glanz und Duft entfalten,
Und als der schönste Schmuck der Dania gestalten.
Auch du wirst ihr des Geistes Blüthen weih'n,
Und eine Zier an ihrer Stirne seyn.“

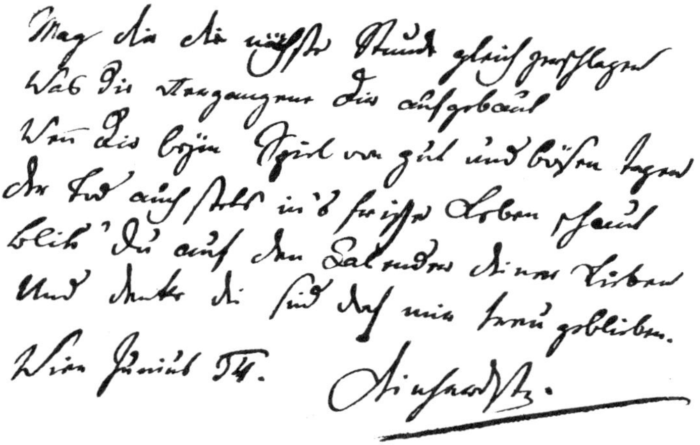
Mag dir die nächste Stund gleich zerschlagen
Was die vergangene dir aufgebaut
Wenn dir beym Spiel von gut und bösen Tagen
Der Tod auch stets in's frische Leben schaut
Blick' du auf den Kalender deiner Lieben
Und denke die sind doch mir treu geblieben.
Wien Junius 54.
Deinhardstein.

Johann Deinhardstein

Natürlich wurde der junge Dichter aus Dänemark seinerseits zu einer Eintragung in das persönliche Stammbuch der Frau Wilhelmine Sonnleithner, der gebürtigen Dänin, aufgefordert.

Es fiel Andersen nie schwer, Reime und Verse – nicht immer gute – aus dem Ärmel zu schütteln, aber in diesem Falle nahm er das „Erinnerungsbuch für dänische Reisende im Sonnleithnerschen Haus, Frau v. Sonnleithner zugeeignet", mit nach Hause in die Bognergasse, um es in aller Ruhe durchzusehen und sich seinen Beitrag zu überlegen. Im stillen Kämmerlein diagnostizierte er den Inhalt des Albums rasch als einen „wahren Misthaufen", „alle Landsleute tragen sich darin ein, es enthält eine schreckliche Menge Unsinn, dabei von vernünftigen Leuten". Und er vergnügte sich damit, ganze zwei Seiten des Tagebuches mit der Abschrift ausgewählter Platitüden zu füllen und sie gelegentlich mit bissigen parenthetischen Kommentaren zu versehen, etwa: „Wo die Donau mit ihrer silberblauen Woge die Tale Welschlands netzt (er hat ja keine Geographie ge-

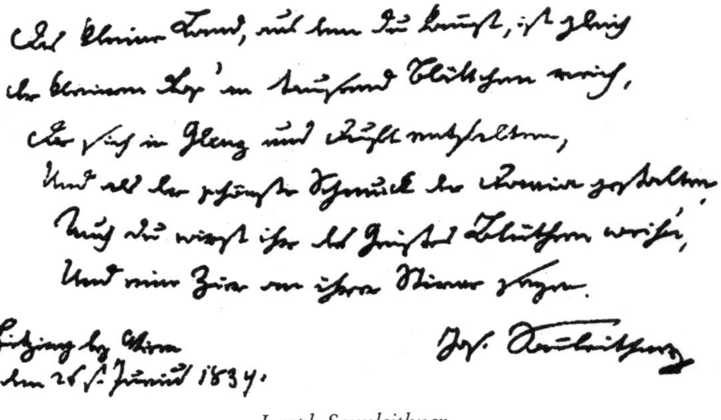

Joseph Sonnleithner

lernt), wo die Kahlenberger Traube den Fuß des Berges grün färbt (ja, das ist wahr, grüne saure Trauben) . . ." Oder die Eintragung eines jungen dänischen Arztes, aus dem Cholerajahr 1831: „Ausgesandt als Späher gegen die böse Cholera, um wennmöglich Mittel zu finden, durch die sich das Ungeheuer besänftigen oder gar vom Vaterlande abhalten ließe, kam ich zur Kaiserstadt, doch das die dänischen Reisenden stets begleitende Heimweh (der verdammte Trottel, wie kann er über andere urteilen?) wuchs in mir infolge der begründeten Angst um meine Lieben und des täglichen Umgangs mit den unglücklichen Opfern der Seuche. Wo war Linderung in diesem peinlichen Zustand zu finden? Doch hatte ich von heimgekehrten Landsleuten so oft das Haus in Wien schildern gehört, wo ‚die lieblichen Töne uns heim zum Sund zaubern' und wo ‚das treue Herz im fernsten Süden (das ist Wien!) noch für seine Mutter im Norden schlägt' . . ."

Ein vor der Abreise stehender junger Däne, H. C. B. Bendz, der in Wien vergleichende Anatomie studiert hatte und dem nichts für das Sonnleithnersche Stammbuch einfiel, suchte Andersen am 11. Juni in der Bognergasse auf und bat um etwas Gereimtes. Andersen notierte im Tagebuch, was er für Bendz zustande brachte (freilich in dänischer Sprache):

Im Herzen steht in dicker Schrift verbucht
Mein Dank und mehr noch, was ich sagen wollte.
Doch weiß, wer leichten Sinns nach schlechten Reimen sucht,
Daß er dies lieber unterlassen sollte!

Was er später im eigenen Namen lieferte, hat Andersen hingegen nicht verzeichnet. Auch im Gedichtband der „Gesammelten Werke", in dem es an Gelegenheitsgedichten und Stammbuchversen aller Qualitätsgrade nicht mangelt, finden sich keine Verse für Wilhelmine Sonnleithner, geborene Mariboe. Doch ihr „Erinnerungsbuch" existiert. Eine der Sonnleithner-Töchter war durch Heirat nach Norwegen gekommen. Das Buch befindet sich heute in der Osloer Universitätsbibliothek. Auf Blatt 60, datiert „Wien den 6. Juli 1834", steht Andersens – natürlich auf dänisch verfaßtes – Gedicht, erst sieben Zeilen Blankvers, der Rest gereimt:

Als Kind sah einst ich einen fremden Gaukler,
Der mit der größten Fingerfertigkeit
Hoch durch die Luft ließ viele Kugeln tanzen
Und jede fing, um wieder sie zu werfen
Und gleich die nächste in der Luft zu greifen.
Es war dies wie ein Gleichnis meiner selbst,
Bild meiner Herzenssehnsucht, meines Strebens.

Seh' ich bei Meeresstille in der Ferne
Im Blau es leuchten wie von Matten grün,
Dann schlummert' ich, weiß nicht warum, so gerne,
Wo über mir die großen Schiffe ziehn.
Kein Grab ist's, auf dem schwer die Erde liegt:
Die Weltenwiege ist es, drin das Kind sanft wiegt.

Wenn Sturm und Wogen miteinander ringen
Und Gischt und Brandung stäuben ringsumher,
Da möcht' ich auf die Welle hoch mich schwingen,
In wildem Ritt zu fliegen übers Meer.
Doch läg' ich friedlich drunten in der Tiefe,
Säh' ich den Sturm im Traum nur, wo ich schliefe.

Mich reißt es fort! Find' weder Ruh noch Weile.
Es brennt, als säßen in der Brust mir tausend Pfeile.

Nur der „Abgesang", die beiden letzten Zeilen, stehen auch im Tagebuch. Freitag, den 4. Juli 1834: „Mein gewöhnlicher Spaziergang auf dem Glacis; man geht zwar zwischen grünen Bäumen, aber sie sind zu jung, um Schatten zu spenden, und eingeschlossen ist man von Vorstadt und Stadt. Der Stephansturm sieht aus wie ein kolossaler, kunstfertig geschnitzter Kirschkern. Ich sehne mich jetzt ungemein danach, wegzukommen. Mich reißt es fort! Find' weder Ruh noch Weile; Es brennt, als säßen in der Brust mir tausend Pfeile."

Er war seit dem 9. Juni in Wien.

Ungeduld danach, weg und weiter zu kommen, war nicht ungewöhnlich bei Andersen, das hing mit dem zusammen, was er als seine „Zugvogelnatur" bezeichnete. Die eigentliche Erklärung dafür, daß er an mehrere seiner Korrespondenten in der Heimat fast gleichlautend schrieb: „Wien hat mir nicht gefallen", gibt er selbst in einem dieser Briefe: „Wien hat mir übrigens nicht sonderlich gefallen, *wie alles diesseits der Alpen*", doch er fügt hinzu: „aber die Menschen waren liebenswürdig."

Erstaunlicherweise hinderte das negative (erste) Urteil über die Stadt Wien – nicht über die Wiener – Andersen nicht daran, drei Jahre später einen Großteil der Handlung in seinem dritten Roman just nach Wien zu verlegen. *Nur ein Geiger,* im Dänischen „Nur ein Spielmann" („Kun en Spillemand"), könnte ohne weiteres „Der arme Spielmann" heißen. Das Buch wurde wie ein moderner Bestseller sofort nach dem Erscheinen, 1837, von den Lesern verschlungen, namentlich im deutschen Sprachraum. Der Roman war rührend und rührselig zugleich, aber auch spannend und bunt, obzwar der Autor sich eine Zeitlang mit dem unglücklichen Gedanken trug, ihn „Grau in Grau“ zu nennen. In den ersten beiden Dritteln handelt es sich nämlich um eine eher düstere Variation des Andersenschen Lebensthemas vom Genie, das „so gräßlich viel durchmachen“ muß, ehe es berühmt wird; am klarsten ist es dargestellt im *Häßlichen Entlein.* Der Held, oder richtiger: Antiheld, Christian, der eine Menge Kindheitserlebnisse und -eindrücke aus Fünen mit dem Dichter gemeinsam hat, ist aber im Gegensatz zum Entlein nicht in einem Schwanenei gelegen. Er erfährt, daß es im wirklichen Leben keine guten Feen gibt, und ohne die notwendige Wärme, ohne Unterstützung durch seine Umgebung muß er unweigerlich zugrunde gehen. Er bekommt nicht die Prinzessin in Gestalt seiner geliebten Naomi, er wird auch kein Violinvirtuose à la „Nordens Amphion, Ole Bull“, sondern endet früh und trübselig als „nur ein Spielmann“.

Eine von Andersens mütterlichen Freundinnen in Kopenhagen, Frau Signe Lässöe, die – nicht als einzige – die Kapitel nach und nach vorgelesen bekam, fand eine „erschrekkende Bitterkeit“ in ihnen. Kierkegaard, der den fertigen Roman in seinem allerersten Buch, *Aus den Papieren eines noch Lebenden,* mit spitzester Feder zerfleischte, stellt darin fest, daß „der gleiche freudlose Kampf, den Andersen im Leben kämpft, sich nun in seiner Dichtung wiederholt“. Andersen selbst aber schrieb im Februar 1837 – er arbeitete seit einem Jahr an dem Roman – an seinen älteren Dichterfreund B. S. Ingemann: „Ansonsten bin ich in der besten Stimmung seit vielen Jahren . . . Alle Sorgen, alle Bitternisse gehen in den Roman hinein. Der wird, können Sie mir glauben, ein wunderliches Buch.“

Es ist wirklich, als hätte unterwegs eine Katharsis stattgefunden, als wäre Andersen „alle Sorgen, alle Bitternisse" im Spielmann-Teil von *Nur ein Geiger* losgeworden. Während er arbeitet, beginnt der Roman sich nämlich plötzlich wie eine Zelle zu spalten. Frau Lässöe bemerkt es und berichtet an die gemeinsame Freundin Jette Hanck in Odense: „In Andersens neuem Roman ist viel Schönes, aber ich kann nicht verstehen, wie wir [!] ihn zum Zusammenhängen bringen; erst hatte er sich Christian als den Helden gedacht, jetzt hat Naomi ihn verdrängt – läßt sich das machen?"

Andersen hat nämlich mit einemmal offensichtlich genug von Christian und seinen Sorgen. Mit der Allmacht des Romanautors wechselt er Brennpunkt und Schauplatz und läßt die Handlung *„ins Fremden* flattern", wie er seinerseits Jette Hanck anschaulich, aber ungrammatikalisch mitteilt. Der Roman würde vermutlich den Namen *Naomi* erhalten, schreibt er.

Das war, wie wir wissen, nicht der Fall, aber an sich wäre es gar nicht unrichtig gewesen. Diese Naomi, Andersens interessanteste Frauengestalt, beherrscht schon als Kind den kleinen Christian, und ebenso dominiert und dirigiert sie die Handlung im späteren Teil des Buches. Sie ist eine echte Romanheldin – sehr im Gegensatz zum Antihelden Christian, dem man laut Kierkegaard das Genie gar nicht glaubt, der „weit eher ein Waschlappen ist, von dem versichert wird, er sei ein Genie". Naomi, „dieses stolze, aber unleugbar poetische Mädchen" (Kierkegaard), hat genau die Eigenschaften, die Christian nicht hat: sie ist dunkel, sprühend, temperamentvoll, willensstark und gleichzeitig von einer leisen Aura von Verruchtheit umwittert. Sie wächst wie die Tochter in einer gräflichen Familie auf, doch ihre Mutter ist eine unverheiratete jüdische Gouvernante – die kurz nach der Geburt des Kindes Selbstmord begangen hat – und ihr Vater ist nicht, wie sie lange glaubt, der Graf, sondern ein dämonischer Norweger, der geigt wie ein Hexenmeister und im übrigen der Pate des jungen Christian ist.

Im Brief an Jette Hanck, in dem Andersen berichtet, daß er die Handlung „*ins Fremden* flattern" läßt, heißt es weiter: „Es sind ein paar recht interessante neue Personen hinzugekommen, nämlich ein Pole: Ladislaus, der Kunstreiter ist. Ein Zigeuner, dessen Bekanntschaft Sie in Wien machen . . . Wo ich jetzt schreibe, spielt sich alles an der Donau ab; ich träume mich zurück zwischen Türken, Griechen und Slawonier, wie sie über den Kohlmarkt und im Prater gingen. Wien gefiel mir nicht so besonders, als ich dort war, aber wenn Sie durch mein Buch nun hinkommen, wage ich zu hoffen, daß man sich besser dort amüsiert, als der Dichter sich amüsiert hat." Es scheint, daß ihm keiner der gleichaltrigen Landsleute, die er in Wien antraf, so recht zusagte. Im Gegensatz etwa zu Rom war kein Dichter oder bildender Künstler unter ihnen. –

Romantechnisch war es nicht schwer, Naomi von den dänischen Gestaden an die Donau zu versetzen. Nachdem Christian sich durch seine ängstliche Rechtschaffenheit in ihren Augen unmöglich gemacht hat, verliebt sie sich Hals über Kopf in den schönen, alles andere als langweiligen Kunstreiter Ladislaus. Als junger Bursch verkleidet – etwas herzlos nennt sie sich Christian –, verläßt sie die dänische Heimat und folgt ihm und seiner Truppe – nach Wien.

Sobald Andersen sich entschlossen hatte, die Handlung zusammen mit seiner Heldin nach Wien zu verlegen, tat er alles, um seinen Lesern einen Eindruck von der Stadt und ihren Bewohnern zu vermitteln. Er hatte ein gutes Gedächtnis – und außerdem sein Tagebuch.

In *Nur ein Geiger* ist an Wiener Lokalkolorit wirklich nicht gespart. Der wienerische Auftakt kommt bereits, als Naomi mit Ladislaus und seiner Truppe unterwegs ist. Die Gesellschaft übernachtet in Mölln, der Till Eulenspiegel-Stadt, noch weit von der Donau. Die Stimmung ist gut, und der Bajazzo der Truppe schickt sich plötzlich an, „von ‚*Gefrornes*' und ‚*gebackenes Händel*' [sic] zu plaudern, alles im veritablen Wiener Dialekt". Aber der Dichter begnügt sich nicht mit dieser Aussage. Gleich danach verblüfft er seine dänischen Leser damit, daß er den Bajazzo ein Lied in so „veritablem" Dialekt singen läßt, daß er genötigt ist, in einer Fußnote die Übersetzung zu bringen. Der Bajazzo singt:

„A Trambiachl kaffa?
I wißt nid: Zwegn we;
I hå nur dan oanzing Tram:
Den woas i eh."

Ganz buchstäblich so steht es mitten im Dänischen, und der dänischen Fußnoten-Übersetzung folgt der Hinweis, daß dieses „deutsche Volkslied" von „Seidl" sei.

Den Dichter Johann Gabriel Seidl, um den es hier geht, hatte Andersen bei seinem ersten Wiener Besuch gar nicht kennengelernt. Er traf ihn erst 1846, als er zum drittenmal in Wien war. Im *Märchen meines Lebens* erwähnt er die Begegnung und schreibt, daß Seidl in Dänemark nicht bekannt sei, „obgleich er es wegen seiner echten und herzlichen Gedichte verdienen würde". Seidl schenkte Andersen damals „seine Gedichte" (Tagebuch, 11. März 1846). Zwölf Jahre vorher, im Juli 1834, nachdem er Wien verlassen hatte, notiert Andersen auf der Heimreise in Prag in sein Tagebuch: „Ein hübsches Gedicht von Seidl in österreichischem Dialekt ist folgendes", worauf er die vier Zeilen vom „Trambiachl", so wie er sie drei Jahre später im Roman verwendet hat, ins Tagebuch schreibt. Wo er damals, 1834, auf sie gestoßen ist, läßt sich allerdings nicht eruieren.

Gleichzeitig mit den Gedichten bekam Andersen im März 1846 auch ein Blatt mit einem – in diesem Falle persönlichen – Gedicht von Johann Gabriel Seidl für sein Stammbuch, in bester Schönschrift:

„Ob Dir mein Lied bekannt, wie mir das Deine,
Ich weiß es nicht, – und wär's, ich glaubt' es nicht;
Doch in Dein Auge sah ich, Du – in's meine,
Und solch ein Blick ist mehr als ein Gedicht.
Wenn Dir aus meinem Aug' das klar geworden,
Was ich in Deinem zu erspäh'n gemeint,
Dann hab' ich fürderhin an Dir im Norden,
Wie Du an mir im Süden – einen Freund!"

Fast noch nachdrücklicher als mit dem Seidlschen Gstanzl lokalisiert Andersen die Handlung mit dem zwar falsch geschriebenen, aber ganz richtig als essentiell wienerisch erkannten Backhendl. Über das Gefrorene, das wohl nicht typisch wienerisch war, aber noch Neu- und Seltenheitswert besaß, ist zu sagen, daß Andersen die Bekanntschaft damit in Wien stiftete. Im Tagebuch, das im allgemeinen sehr wenig über Kulinarisches enthält, steht unter dem Datum 16. Juni: „Verzehrte etwas Prächtiges: *gefrorenes.*" Diese Premiere scheint im Augarten stattgefunden zu haben. Am 5. Juni gönnte er sich den gleichen Genuß im Volksgarten, den er überhaupt häufig frequentierte: „Herumgestiefelt. War an dem schwülen Abend, der Schirokkoluft in sich hatte, im Volksgarten, zeichnete eine Aussicht von dort, ging spazieren und hörte das Orchester aus ‚Norma' spielen, während ich *Gefrornes* aß."

Backhendl figurieren nicht im Tagebuch, aber in natura kann Andersen sie schwerlich vermieden haben. Er war sich jedenfalls klar über ihre Funktion in Küche und Bewußtsein der Wiener, wie er in *Nur ein Geiger* zehn Seiten nach der Mölln-Episode abermals demonstriert.

Naomi, inzwischen längst in Wien angelangt, fährt mit einem „Gesellschaftswagen" vom Petersplatz nach Hietzing, genau wie Andersen, als er die Familie Sonnleithner besuchte. Eine Fußnote klärt den Leser darüber auf, daß „hier alle

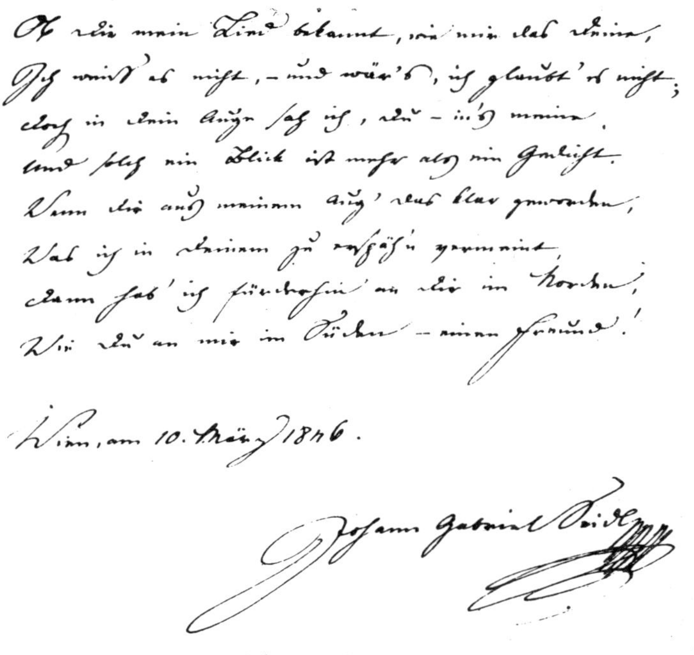
Ob dir mein Sinn bekannt, wie mir das Deine,
Ich weiß es nicht, – und wär's, ich glaubt' es nicht;
doch in dein Auge sah ich, du – in's meine,
und solch ein Blick ist mehr als ein Gedicht.
Wenn dir aus meinem Aug' das klar geworden,
Was ich in Deinem zu erspähn gemeint,
dann hab' ich fürderhin an dir im Norden,
Wie du an mir im Süden – einen Freund!

Wien, am 10. März 1846.

Johann Gabriel Seidl

Johann Gabriel Seidl

halben Stunden die sogenannten ‚Gesellschaftswagen' fahren". Im Wagen, in dem Naomi Platz nimmt, sprechen „die ehrlichen Wiener begeistert von ihrem guten Kaiser, von ‚*Würstel*' und ‚*Händl*', von den Brüdern Schuster, alles durcheinander, wie es im Tohuwabohu der Konversation geschieht". Man braucht kein gelernter Wiener zu sein, um aus den unschuldigen Worten die leise Ironie herauszuhören. Außerdem verschwindet die ironisch-idyllische Stimmung in Schönbrunn, „in dessen duftenden Alleen *des Mannes Sohn* mit seinen verborgenen Gedanken gegangen ist und wo Silvio Pellico hinter die Hecke trat, um durch seine kränklichen, leidenden Züge nicht zu erschrecken". Ganze zwei Fußnoten belehren hier den Leser, daß auf zwei aktuelle Bücher angespielt wird: *Le fils de l'homme* des Dichters Auguste-Marseille Barthélémy, ein Gedicht über den Herzog von Reichstadt, das dem Autor in Frankreich 1829 zwar drei Monate Gefängnis und eine Geldstrafe von 1000 Francs eintrug, ihn aber in ganz Europa berühmt machte, und *Le mie prigioni* von Silvio Pellico, 1832.

Der eigentliche Wiener Teil des Romans beginnt in der dem Dichter als endlos bekannten Mariahilfer Straße. Zwei Zigeuner in braunem Gewand gehen stadtwärts, ein alter und ein junger, letzterer „mit einem breiten Hut, wie ihn die Slawonier tragen".

„‚Die Vorstädte könnten die Stadt schön in Bedrängnis bringen, wenn sie wollten', sagte der Junge. ‚Mir hat heut Nacht etwas Lustiges geträumt: daß Mariahilf, die Josefstadt, ja alle vierunddreißig Vorstädte beweglich waren und gegen die Stadt vorrückten. Die wurde vom Stephansturm angeführt, und sie schlugen sich, daß weiße und gelbe Geldstücke nur so in die Donau rollten.'

‚Da hast du wohl zu viel von dem starken Wasser getrunken!‘ sagte der Alte. ‚Sei vorsichtig, Czekles! Erzähl keine solchen Träume, die Polizei hat lange Ohren. Und ist das ein Traum für einen jungen Burschen? Von Mädeln solltest du träumen!‘

‚Ich träume aber mehr von Krieg‘, sagte Czekles. ‚Könnte ich nur Soldat sein, vor Kaiser Franz präsentieren, dem guten Kaiser Franz! Er hat den Hut vor mir abgenommen, als ich mein Haupt entblößte. Vor mir allein – niemand als ich war auf der Straße. Nur mich grüßte er. Was meinen Traum betrifft, so war der wirklich gelungen. Die Stephanskirche, die spitze Mütze schief aufgesetzt, war der General. Sie hat breite Schultern und alte Kräfte. Die Dreifaltigkeitssäule am Graben hatte sie als Kommandostab genommen. Das Kaiser Josef-Denkmal sauste auf seinem kupfernen Pferd durch den Kohlmarkt und die Kärntnerstraße, es rief alle Bilder aus den Schildern, und sie kamen mit. Der Marmorriese aus dem Volksgarten stellte sich an die Spitze der Marmorbilder aus der Kapuzinerkirche. Sie stiegen auf die Bastei und auf das Dach der Kaiserburg und schauten nach den Vorstädten aus, wie sie näherrückten. Hietzing und Währing waren mit dabei. Es war ein Gewimmel – ärger als im Volksgarten und im Prater an einem fidelen Tag!‘“

Auch dieses Wiener Mini-Märchen ist mit zwei Fußnoten versehen. Die eine, über die künstlerisch gemalten Ladenschilder, ist bereits angeführt (Seite 45), die über den „Marmorriesen aus dem Volksgarten“ lautet einfach: „Der Theseus des Canova.“ Die Bausteine der Geschichte sind im Tagebuch zu finden:

„In den Straßen gehen Zigeuner in schmutzigen Lumpen, mit breitem Hut und in einer Art von braunen Gewändern, aber eigentlich sind es Slawonier, werden zwar Zigeuner genannt, sie trauen sich nicht, abends in der Stadt zu bleiben." (11. Juni.) Hierzu einleitungsweise im Roman: „Kein Trupp (Zigeuner) wagt sich in die Kaiserstadt Wien, aber vereinzelte sieht man sich durch die Straße stehlen, noch mißtrauischer betrachtet als der arme Slawonier. (Fußnote: Diesem ist es nicht gestattet, über Nacht in der Stadt Wien zu bleiben.) Am öftesten sieht man sie in den Vorstädten, die jede für sich eine größere Stadt bilden als das alte Wien, die eigentliche Stadt."

„Weiße und gelbe Geldstücke" – womit offenbar Silber- und Goldmünzen gemeint sind: „Ein recht interessanter Bankier erzählte mir von seinen Reisen in Ungarn, von dem halb räuberischen Volk dort; wie man immer sagen müsse, man sei mit ihrer Herrschaft verwandt, das sei ihnen heilig; wie er im Wald einen Trupp Zigeuner fand und ihnen ‚weißes Geld' gab." (20. Juni, auf dem Weg zu Castelli in Hütteldorf.)

Der gute Kaiser Franz, der den Hut zieht – vorweggenommen vom Besuch bei Castelli: „(Er) las mir zwei Gedichte vor, die er gestern geschrieben hatte . . . das zweite eine launige Bittschrift an den Kaiser Franz, der immer so gut sei und vor den Leuten den Hut ziehe, aber er habe nur wenig Haar auf dem Kopf, die Sonne steche und es wehe kalt, er solle den Hut aufbehalten und bloß mit der Hand grüßen." (20. Juni.)

Canovas Theseus: „War im Volksgarten und sah den Theseus von Canova, ich mußte einer Wiener Hausfrau erklären, was er bedeutet." (16. Juni.) „War wieder im [Volks-] Garten, um den Perseus [!] von Canova zu sehen." (30. Juni.) Hier dachte Andersen an den Perseus des Canova, den er im Vatikan gesehen hatte – aber natürlich meinte er abermals den Theseus im Kampf mit dem Minotaurus, der heute auf der Prunkstiege im Kunsthistorischen Museum empfängt, für den aber seinerzeit eigens der kleine Tempel im Volksgarten gebaut worden war.

Die „Marmorbilder aus der Kapuzinerkirche" beruhen ebenfalls auf einer Fehlschreibung, wie sie in den Tagebüchern öfters vorkommen. Gemeint ist die Augustinerkirche und das Maria-Christinen-Monument: „Ging in die Kirche beim Josefsplatz und sah das schöne Monument Canovas für die Erzherzogin Maria Christina, es ist dem Denkmal für ihn selbst sehr ähnlich, nur ist es kleiner. Der auf den Stufen ruhende Engel ist wunderbar!" (22. Juni.) (Von Canovas Grabmal in I Frari in Venedig hatte Andersen eine Skizze gemacht.) Bei keinem seiner späteren Besuche in Wien versäumte er es, sich wieder „das schöne Denkmal" in der Augustinerkirche anzusehen.

Graben und Kohlmarkt gehörten natürlich zu seinem täglichen Spaziergang, namentlich der Kohlmarkt, der Weg von seiner Bognergasse zum Burgtheater. Hier war außerdem sein Stammcafé, das Daum an der Ecke der Wallnerstraße, zum Beispiel: „Ging ins Café Daum, trank ein Gläschen Punsch, las französische, italienische, deutsche und ungarische Zeitungen, während ein Taubstummer mir gegenüber mit Grimassen und Fingern sprach." (4. Juli.) Am gleichen Tag aß er, wie öfters, auch zu Mittag im Daum, „wo der Sohn, ein 15jähriger Bursch, bedient, wir hörten, daß er von den anderen Kellnern mit Herr von Daum angeredet wurde". –

Naomi, immer noch in männlicher Verkleidung – der kleine Jockey wird sie genannt –, ist nicht glücklich bei der Kunstreitertruppe im Prater. Der schöne Ladislaus ist ihr untreu und behandelt sie miserabel, und der alte Zigeuner, der sein

Großvater ist, warnt sie vor seinem mißratenen Enkel. Das geschieht im Belvedere: „Die Leute gingen in den steif beschnittenen Gängen spazieren, in dieser ganz gestutzten Natur, die à la Louis quatorze zurechtgemacht ist" – so im Roman. Tagebuch, 14. Juni: „In die Vorstadt zu Metternichs Garten gegangen, der nicht offen war, und in das Belvedere, wo der Garten steif französisch, das Schloß italienisch ist und man Aussicht auf den Kahlenberg hat; eine Kirche mit ein paar Wirtshäusern liegt auf dem Berg." Es ist die Aussicht des Bernardo Bellotto, „genannt Canaletto".

Was heute an Gemälden im Kunsthistorischen Museum hängt, hing 1834 größtenteils im Oberen Belvedere. Hier findet der alte Zigeuner Naomi vertieft in die Betrachtung von „van Dycks Samson, der von Dalila verraten wird; eine ganz vorzügliche Arbeit. Der schmerzliche Vorwurf in Samsons Blick ist so menschlich sprechend, daß er von Grönland bis Otaheiti verstanden werden muß. Die Gleichgültigkeit der Dalila, das Interesse der Wirtin – ja, das ist die Wirklichkeit selbst. Ob es nur die Kunst des Malers war, die Naomi hier fesselte, oder ob das Sujet selbst Ideenverbindungen von tiefer Wirkung in ihr weckte, wagen wir nicht zu verraten . . ." So im Roman. Tagebuch, 20. Juni, in einer Aufzählung von Gemälden im Belvedere, die „mir auf den ersten Blick am meisten im Gedächtnis hängen blieben": „. . . 7) der Samson von van Dyck; der schmerzliche Vorwurf im Blick des Samson, die Gleichgültigkeit der Dalila, das Interesse der Kupplerin und das Haupt des einen Soldaten sind meisterhaft." –

Die Kunstreiterin Josephine, die weiß, daß Naomi kein Christian, sondern eine Frau ist, will sie vom Gedanken einer Flucht abbringen und schlägt ihr als Zerstreuung einen

Hans Christian Andersen. Foto von Franz v. Hanfstängel (1860).

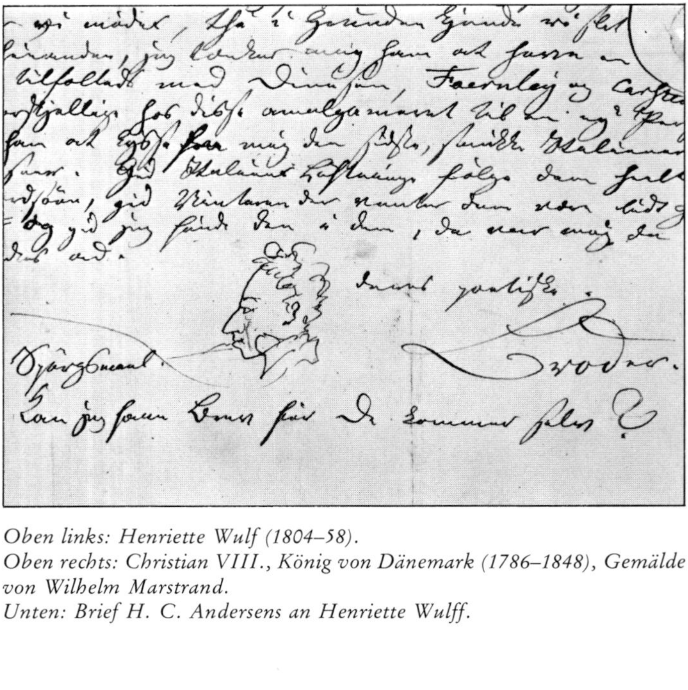

Oben links: Henriette Wulf (1804–58).
Oben rechts: Christian VIII., König von Dänemark (1786–1848), Gemälde von Wilhelm Marstrand.
Unten: Brief H. C. Andersens an Henriette Wulff.

Oben: Konstantinopel. Zeichnung von H. C. Andersen (1841).
Unten: Ein k. k. österreichisches Dampfschiff. Stich.

Oben links: Eligius Freiherr von Münch-Bellinghausen (1806–71; Pseud.: Friedrich Halm). Stahlstich von F. Stöber (nach Zeichnung von J. Danhauser). Oben rechts: Sigismund Thalberg (1812–71). Silh. Andreas Staub (1835). Unten: Opernkreuzung. Chromolithographie von Franz Alt (1872).

gemeinsamen Ausflug nach Josefsdorf und Klosterneuburg vor. Beim Blick vom Kahlenberg sagt Josephine:

„Schau doch, wie prächtig sich die vielen Alleen zwischen der Stadt und den Vorstädten ausnehmen! Der Stephansturm ragt kühn über die anderen Gebäude – und siehst du die Donau mit all den schönen bewaldeten Inseln? Die blauen Berge dort draußen liegen in Ungarn! Diese Aussicht habe ich immer vor mir, wenn ich singen höre: ‚*Noch einmal die schöne Gegend.*‘ Österreich ist doch viel schöner als Dänemark!“, worauf Naomi schnöde antwortet, daß der Öresund weit prächtiger als die Donau sei und Wien ihres Wissens gegenüber Kopenhagen nur einen Vorteil habe, „die mildere Luft, und daß es Italien näher liegt“.

Das Zitat von der schönen Gegend stammt aus Bäuerles Zauberoper *Aline oder Wien in einem anderen Weltteil,* Musik von Wenzel Müller. Die Melodie des Liedes, auch in einem dänischen Vaudeville verwendet, muß wie so viele andere von Wenzel Müller in den zwanziger und dreißiger Jahren des vorigen Jahrhunderts eine Landplage gewesen sein.

Andersen, in Gesellschaft von zwei Landsleuten und zwei zufällig anwesenden Königsbergern, war am 19. Juni in Josefsdorf. Tagebuch: „Wir aßen oben zu Mittag und hatten eine schöne, weite Aussicht auf die Donauebene, der Fluß bildete mehrere bewaldete Inseln, Wien lag mit seinem Stephansturm da, und der Horizont wurde von den Bergen Ungarns begrenzt.“ Weiter heißt es: „Der Fremdenführer brachte uns in eine gewöhnliche Dorfkirche, wo wir ein paar Leichen sahen, die über hundert Jahre alt sind – das ist auch etwas, wenn man von den Tempeln in Paestum kommt.“

Modifiziert, ohne den ironischen Nachsatz, findet sich das ebenfalls in *Nur ein Geiger.* Der Totengräber des Ortes fordert Naomi und Josephine auf, sich die Kirche anzusehen, „im Keller lägen Leichen, sagte er, die über hundert Jahre seien und doch aussähen, als wären sie erst gestern begraben worden. ‚Wir sehen uns lieber die Lebenden an!‘ sagte Josephine . . .“

Andersen und seine Begleiter wanderten durch den Wald nach Klosterneuburg hinunter, „eine recht hübsche kleine Stadt. Wir tranken Kaffee in einem Garten, wo das Mädchen uns mit Rosen beschenkte . . . Auf der Kuppel der Klosterkirche lag eine kolossale Krone auf einem Kissen. Die Kirche war besonders hell und schön, ein wunderbares Altarbild, die Engel schienen zu schweben, und die weibliche Gestalt bei der Madonna war ganz raffaelisch, sie schien kürzlich gemalt . . . Dann sahen wir uns das große Weinfaß an, das 1004 Eimer Wein für das Kloster faßt. Der Arbeitsraum des Faßbinders war ein ungeheures Gewölbe, und hier lag das 1704 verfertigte Faß, darüber war zu lesen: ‚non deficiat, semper proficiat‘. Es war vor kurzem vorne bemalt worden, und der Faßbinder vertraute uns an, daß der Kellermeister Maximilian Fischer den hübschen Vers geschrieben habe, den wir lasen:

‚Einhundertdreißig Jahre alt
War's mir im Keller nun zu kalt,
Dort rutschten Tausend übern Rücken,
Auch hier wird mann mich nicht zerdrücken!‘

‚Man mußte ja etwas draufschreiben‘, wurde gesagt, ‚damit die Nachwelt sehen kann, daß wir es geputzt haben.‘ Das Faß ist 14 Fuß 4 Zoll lang und 12 im Durchmesser. Wir waren oben drauf und drin, wo Feddersen [der eine der beiden Dänen] mit mir herumtanzte.“

Soweit das Tagebuch. Natürlich werden den Lesern des

Geiger weder die Maßangaben noch der Spruch vorenthalten, und wie Andersen tanzt auch Naomi im „Faßl“, in ihrer Verkleidung als „kleiner Jockey“, herum, und zwar um den ganz zufälligerweise ebenfalls die Faßbinderwerkstatt besuchenden Grafen aus Dänemark, ihren nicht-wirklichen Vater, der sie – kühne Zumutung des Romanautors – weder als die Entlaufene noch als Frauenzimmer erkennt. Aber „da die Polizei in Wien über jeden Fremden Bescheid weiß, erfuhr er vor dem Abend, daß sich in der Kunstreitertruppe im Prater ein junger Landsmann befände, von zarter, fast weiblicher Gestalt . . .“

Der Graf besucht vergebens die Abendvorstellung, um seinen „Landsmann“ wiederzusehen. Naomi hat sich zur Flucht entschlossen und sitzt in der Diligence Richtung München; weil aber der ungute Ladislaus im letzten Augenblick auch in der Eilpost Platz nimmt, steigt Naomi beim ersten Halt aus: „in der kleinen Stadt Hütteldorf, die wie Hietzing eine Sommerfrische für die Wiener ist, doch Hietzing liegt nahe bei Wien und dicht beim kaiserlichen Sommerschloß, hier ist also eine Sommerhauptstadt, Staub und Gewühl; Hütteldorf ist ländlicher und hat eine freie Aussicht auf die niedrigen grünen Berge.“

In der Dunkelheit läuft Naomi so schnell sie kann auf einem kleinen Weg bis zum Garten eines ländlichen Hauses und versteckt sich im Straßengraben. Im selben Moment, in dem das Posthorn das Signal zur Weiterfahrt gibt, kommt lachend und plaudernd „eine heitere Gesellschaft“ durch die Gartentür, „und alle Namen, die sie hörte, waren ihr bekannt. Frau von Weißenthurn, die geistreiche Dichterin, und der Schauspieler Costenoble waren darunter. – ‚Grillparzer, Sie lesen morgen die *Sappho* bei mir, nicht wahr?‘ sagte die Dame, und alle sprachen lebhaft durcheinander.“

Der Herr des Hauses, der seine Gäste zur Tür begleitet hat, entdeckt Naomi – einen vermeintlichen jungen Mann – und stellt sich auf ihre Frage vor:

„‚Ich bin Castelli', sagte er, ‚und Sie, junger Freund?' – ‚Castelli!' wiederholte Naomi, ‚der Dichter?' – ‚Ja, der bin ich' . . ."

Und weil Naomi seinen Namen „seit Jahren" kennt und Vertrauen zu ihm hat, denn sie ist überzeugt, „ein Dichter müsse wärmer, besser und edler fühlen als andere Menschen", gesteht sie, daß sie eine Frau ist, bevor sie Gastfreundschaft für eine Nacht in dem gleichen Haus in Hütteldorf annimmt, in dem Andersen Freitag, den 20. Juni 1834, Ignaz Castelli besuchte.

„UNLEUGBAR DER TYP EINES ECHTEN WIENERS"

„Castelli sah ich am öftesten. Er ist unleugbar der Typ eines echten Wieners; alle dessen vortreffliche, ihm eigentümliche Eigenschaften finden sich hier vereinigt: Gutmütigkeit, ein vergnüglicher Humor, Treue und Liebe zu seinem Kaiser."

Die Worte stehen im *Märchen meines Lebens,* in der kurzen Schilderung des ersten Wienbesuchs. Andersens Selbstbiographie enthält im Grunde nur wenige eigentliche Porträts der zahlreichen darin genannten Personen. Oft sind sie einfach mit einem höflichen Epitheton präsentiert, und auch die Charakteristik des Ignaz Castelli als Urbild des „echten" Wieners klingt an sich nach Klischee, muß aber auf Überzeugung beruht haben. Andersen wiederholt sie nämlich, als er von seinem Besuch im Jahre 1846 spricht:

„Ich sah wieder den herrlichen Grillparzer [hier nur das höfliche Epitheton!], war öfters zusammen mit dem gemütlichen Castelli, der eben in jenen Tagen von König Christian VIII. zum Ritter des Danebrog ernannt worden war; er war voll Freude darüber und bat mich, meinen Landsleuten zu sagen, ein jeder, der zu ihm käme und sagte: ‚Ich bin Däne', würde aufs herzlichste willkommen sein. Castelli hat etwas so Offenes, so Ehrliches, beigemischt einen gutmütigen Humor, an sich – man muß ihn gernhaben. Er ist für mich das Bild eines echten Wieners, so wie die besten dort geboren werden und gedeihen."

Soweit das sozusagen offizielle Porträt. Es steht in keinerlei Widerspruch zu den ganz privaten Eintragungen im Tagebuch, denn Andersen *mochte* Castelli. Und das Bild, das er von ihm gibt, steht auch nicht in Widerspruch zum Urteil anderer Dänen.

Adam Oehlenschläger, als Lyriker und Dramatiker der Hauptvertreter der durch ihn stark nordisch ausgerichteten Romantik in Dänemark, schrieb 1817 aus Wien ausführlich über seine Bekanntschaft mit Castelli, „einem Wiener Dichter". Er sah ihn in Hietzing „Privatkomödie" spielen und fand zwar die Posse *Der Schuster* von Schikaneder, die zum Namenstag von Johann Heinrich Falkner Geymüller, einem Neffen der Bankier-Brüder Geymüller, aufgeführt wurde, nicht sonderlich witzig; aber „Castelli gab einen versoffenen Schuster, der auf sein junges Weib eifersüchtig ist, mit dem höchsten Grad der Vollkommenheit . . . ich habe mich seit langem nicht besser amüsiert". Auf einem Ausflug nach Laxenburg unterhielt Castelli die Teilnehmer damit, daß er „den Gourmand im Wiener Dialekt spielte und von allen Speisen kostete, bevor wir etwas bekamen. Als die Gastgeberin ihn lachend fragte, was er haben wolle, sagte er: *‚Küss' die Hand, ik will olles hobben. Gebe Sie mör erst etwas Schunken.'*" So klang das Wienerische in dänischen Dichterohren. Übrigens leistete Oehlenschläger, von Castelli in mehreren Briefen dazu angetrieben, Beistand bei der Beschaffung des Ordens, der dem Wiener so viel Freude machte: Er sorgte dafür, daß Castellis zu diesem Zweck übersandte Werke dem König in die Hände kamen.

„Ein echter Wiener, gutmütig und gemütlich, witzig, voller Scherz und Schabernack, zugleich aber herzlich und brav" – so urteilt auch Andersens Freund N. C. L. Abrahams, der selber der geborene Gesellschaftsmensch und überdies mit einer hübschen Singstimme begabt war, was ihm den Eintritt in Wiens musikalische Zirkel verschaffte.

Castelli hatte also bei den Dänen das, was man eine gute

Presse nennt. In der Heimat wurde er bei aller Popularität zum Teil kritischer beurteilt. Es war kaum als Lob gemeint, wenn Grillparzer ihn einen Spaßmacher nannte oder Julius Seidlitz ihn als „Repräsentanten einer gewissen ‚Backhändel-Poesie'" bezeichnete. Anderseits soll der alte Goethe beim Erscheinen der *Gedichte in niederösterreichischer Mundart,* 1828, etwas von einer „natürlich singenden Lerche" geäußert haben. Castelli selbst, der sich in anderen Belangen durchaus nicht unwichtig nahm, hielt sich zwar für „eine Art Naturdichter" (Eduard Castle), nicht aber für einen großen Poeten. Dafür gefiel er sich in der Rolle „eines allerdings recht kleinbürgerlich geratenen Casanova" (Julius Bindtner), und natürlich war er sich seiner gesellschaftlichen – und organisatorischen – Talente sehr bewußt. Daß seine Memoiren cum grano salis zu genießen sind, verhindert nicht, daß sie ebenso interessant wie amüsant sind. Ein gewisses Maß an Selbstironie ist immer einnehmend, und im übrigen wiegt allein seine ausführliche Darstellung der „Ludlamshöhle" – Castelli: „bisher unerreichtes Urbild aller mit Kunstgenüssen gewürzten geselligen Vereine in Wien" – und der blamablen Polizeiaktion bei ihrer Auflösung im Jahre 1826 mehrere Dutzend mäßiger Gedichte auf.

Andersen erschien am 16. Juni 1834 mit seinem Einführungsbrief bei Castelli in der Herrengasse, der – eher im Nebenberuf – als Beamter in der Buchhaltung der niederösterreichischen Landstände tätig war. Er empfing den dänischen Gast „ungemein freundlich" und lud ihn in sein Landhaus in Hütteldorf ein. Andersen folgte der Einladung Freitag, den 20. Juni. Nach einem Museumsvormittag im Belvedere nahm er den Gesellschaftswagen nach Hütteldorf: „Eine kleine Straße führte zu einem freundlichen Landhaus, vom Feld kam ich in einen großen Blumengarten, wo die lateinischen Namen auf Bäumen und Gewächsen standen. Eine nicht alte Frau sagte sehr freundlich, daß Castelli stark verkühlt sei und momentan im Bett schwitze, er würde aber bald aufstehen, ich möge ein bißchen im Garten spazierengehen; dann kam ich in das Zimmer, wo er lag. Er war ausnehmend freundlich, so recht auf gutherzige Art, begann sofort damit, daß ich sein Bier und seinen Käse aus der Schweiz kosten müsse, erzählte mir, er habe über 100 Theaterstücke geschrieben, die gespielt worden seien, ich erzählte ihm das Thema der *Agnete* und der *Liebe auf dem Nikolajturm*. Als er dann aufstand, gingen wir im Garten umher, wo er mir seine Blumen zeigte, versprach mir seine Gedichte zur Erinnerung an ihn und führte mich zu einem Monument für seine Frau, mit ihren letzten Worten, sie nicht zu vergessen (sie war vor einem Jahr gestorben). Sie hinterließ ihm einen kleinen Hund, der acht Tage nach ihr starb, er war dicht daneben begraben, und drüber stand ein Vers des Inhalts, wer Anstoß daran nehme, daß ein Hund ein Denkmal habe, zu dem würde er sagen: Du bist ein Hund. Ich zeigte ihm die Bedeutung und Auslegung des Stiefmütterchens, das belustigte ihn so sehr, daß er es seiner Madam erzählen mußte; zeigte mir sodann seine beiden gemütlichen kleinen Gästezimmer mit Aussicht auf die niedrigen Berge . . . Ich fand einen idyllischen, liebenswerten Mann in Castelli, so wie man Lafontaine beschreibt. Wir saßen im Lusthaus und tranken gutes Bier, [aßen] Butter auf Weinblättern und Schweizer Käse, beim Abschied küßte er mich zweimal."

Von dieser langen, über Stock und Stein springenden Tagebucheintragung ist nur die Stelle über das scherzhafte Bittschriftgedicht an Kaiser Franz ausgelassen, die in Verbindung mit dem Zigeunertraum-Minimärchen aus *Nur ein Geiger* bereits auf Seite 70 zu finden ist. Castelli hätte seinem Gast bei dieser Gelegenheit seine beste, obendrein selbsterlebte Kaiseranekdote erzählen können. Er hatte 1809 ein patriotisches „Kriegslied für die österreichische Armee" verfaßt. Es beginnt „Hinaus, hinaus mit frohem Muth! Hinaus in's Feld der Ehre" und endet nach vielen Strophen mit: „Wir siegen, denn mit uns ist Gott / Und die gerechte Sache." Da es auf Befehl des Erzherzogs Karl als Flugblatt in großer Auflage gedruckt und an die Truppen verteilt worden war, meinte der Autor den vorrückenden Franzosen aus dem Weg gehen zu müssen, zumal er angeblich auf einer Ächtungsliste im „Moniteur" stand. In einer Audienz ersuchte Castelli, sich deshalb einem der die Hauptstadt verlassenden Hoftransporte anschließen zu dürfen. Kaiser Franz war nicht sehr gerührt: „Ein Kriegslied haben Sie gemacht? Wer hat Ihnen denn das g'schafft?" Andersen hätte für das Histörchen sicher einen Platz in seinem Oeuvre gefunden.

Im Roman *Nur ein Geiger* findet sich auch die Erklärung für einen nicht unmittelbar verständlichen Satz im Tagebuch, den über „Bedeutung und Auslegung des Stiefmütterchens":

Naomi, die Zuflucht bei Castelli gefunden hat, verbringt eine Nacht in seinem Landhaus, wo übrigens am nächsten Tag der Graf, ihr Pflegevater, auftaucht und sie – mit ihrem Einverständnis – abholt. Bei einem vormittägigen Spaziergang im Garten ihres Gastgebers zeigt sie auf ein kleines wildes Stiefmütterchen:

„ ‚Im Garten', sagte Castelli, ‚kann es eine seltene Schönheit erreichen. Ich weiß eigentlich nicht, woher es seinen Namen hat, denn es ist gar nicht stiefmütterlich behandelt!'

‚Der Name drückt aus, was es ist', sagte Naomi und pflückte die Blume. ‚Sehen Sie – hier sind fünf Blätter. Die beiden hinteren bedeuten die Stiefkinder, die sitzen zusammen, auf nur einem Sessel.' Sie zeigte auf das Grüne, das die Blütenblätter zusammenhält. ‚Diese beiden, auf je einer Seite, sind die eigenen Kinder der Mutter, die haben jedes seinen eigenen Sessel. Das große Blatt da vorne ist die Stiefmutter selbst: sie sitzt auf zwei Sesseln!' Und Naomi zeigte es an der Blume.

‚Das ist eine sinnreiche Erklärung', sagte der Dichter lächelnd, ‚die habe ich noch nie gehört!'

‚So heißt es in Dänemark . . .'"

Andersen begnügte sich nicht damit, seinen Freund Castelli ganz unverschlüsselt, mit vollem Namen, in Hütteldorf lokalisiert, im Roman anzubringen. Alle Kapitel des *Geiger* sind mit Mottos, meist Verszitaten, versehen. Über dem Kapitel, in dem Naomi ihre Flucht unternimmt, stehen nicht weniger als zwei Castelli-Zitate. Das eine, drei aus ihrem Zusammenhang gelöste Verszeilen, hat einen passenden Bezug auf den Verführer der Naomi: „– Ladislaus! Ladislaus! tönt es aufs neu', / Und dieselbe Stimme ruft hinterdrein / Noch lauter: Nein!"

Das zweite ist das – auch im *Märchen meines Lebens* wiedergegebene – „hübsche kleine Gedicht" in seinem Stammbuch, das Andersen sich am 26. Juni in der Herrengasse holte. Außer Widmungen in den beiden Büchern, die Castelli ihm drei Tage vorher geschenkt hatte, nämlich *Gedichte in niederösterreichischer Mundart* und *Wiener Lebensbilder*, bekam er „zwei Küsse mitten im Amtszimmer". Der Stammbuchvers lautet:

„Es ist eine seltsame Sache:
Ich sprach Deutsch und Dänisch Du,
Und doch verstanden wir uns im Nu.
Ja Freund! Im Aug' liegt die Sprache
Und im Herzen der Schlüssel dazu."

Für das Exemplar des *Geiger* in der deutschen Übersetzung, das Andersen nach Wien sandte, quittierte Ignaz Castelli am 7. August 1838:

„Mein sehr werther Freund!

Ich benutze die Gelegenheit . . ., Ihnen meinen innigen Dank für Ihr mir übersandtes, neuestes Werk ‚Ein Geiger' darzubringen. Es thut mir herzlich wohl zu sehen, daß Sie sich meiner noch manchmal erinnern. Auch mir schwebt Ihre Gestalt noch oft vor, und das Märchen vom Stiefmütterchen fällt mir immer ein, wenn ich ein solches Blümchen in meinem Garten blühen sehe.

Der Geiger ist eigentlich nur eine Zusammenstellung aus Fragmenten aus Ihrem eigenen Leben. Er hat mich lebhaft interessiert, so wie Ihre beigefügte kurze Biographie. Aus dem armen Dänenknaben ist ein tüchtiger Mann geworden. Glück auf, lieber Freund! Nur unverzagt vorwärts; das Ziel will nicht erschlichen, nicht erkauft, nicht erbettelt, es will *erobert,* durch Kämpfe siegreich erobert seyn; Sie sind der Mann dazu, und Ihr Werk hat sich auch schon in Deutschland Bahn gebrochen. Erst vor wenigen Tagen hat mir Grillparzer gesagt, daß ihm Ihr vorletzter Roman sehr wohl gefallen habe; er äußerte den Wunsch, auch Ihren Geiger zu lesen, den ich ihm jetzt geliehen habe.

Sie haben darin, unter einigen etwas mysteriösen Beigaben, auch meiner freundlich gedacht, wofür ich Ihnen ebenfalls dankbar bin. Wenn Sie einmal wieder einige Gedichte oder vielleicht eine kleine Novelle von einigen Bogen haben, so senden Sie mir selbe für meinen Almanach: ‚Huldigung der Frauen'; Sie würden mich und meine Leser dadurch verbinden.

Leben Sie wohl, mein hochverehrter Freund, mit dem Herzen, das in dem meinigen gleichen Klang gefunden hat. Mögen Ihnen Poesie und Leben gleich lang werden und Sie manchmal gedenken

Ihres wahren und warmen Freundes
Castelli

Mein Gärtchen grüßt Sie."

Andersen war ein wenig schockiert, als er durch Frau von Weißenthurn nachträglich erfuhr, daß Castelli mit seiner vieljährigen Lebensgefährtin gar nicht verheiratet gewesen war; im Tagebuch stellte er fest: „zu mir sagte er, seine Frau". Aber das war nicht der Grund, daß Andersen das Gärtchen in Hütteldorf nur das eine Mal sah, im Juni 1834. Im Jahr 1841 war Castelli nicht in Wien, sodaß Andersen ihn erst 1846, nach zwölf Jahren, wiedersah. Inzwischen hatte Castelli sich „ein prächtiges Landhaus" bauen lassen, nämlich seinen Berghof bei Lilienfeld. Hier war kein Gärtchen, sondern ein ganz ausgewachsener Garten von vier Joch, den sogar der Baedeker als sehenswert bezeichnete.

Andersen hatte keine Gelegenheit, der Einladung zu einem Besuch auf dem Berghof Folge zu leisten, er feierte auch nicht den 65. Geburtstag Castellis mit. Das wäre nämlich durchaus möglich gewesen. Der Geburtstag war am 6. März 1846, und just an diesem Tag kam Andersen mit der Bahn gegen ein Uhr mittags in Wien an. Die Geburtstagsfeier, zu der er also zurechtgekommen wäre, wurde laut einem Bericht im „Wanderer“ von einem Freundeskreis „auf lustige Weise begangen“. Zugegen waren unter anderen Bauernfeld, Alexander Baumann, Anastasius Grün und Franz Liszt – Andersen hätte sich unter lauter guten Bekannten befunden. „Jeder der Anwesenden machte dem Jubelgreise eine Dose mit bezüglichen Emblemen als Beitrag zu dessen großer und berühmter Dosensammlung zum Geschenk . . . Die Melodie eines österreichischen Schnadahüpfels wurde von Liszt auf eine überraschende Weise in einer Festouverture paraphrasiert.“ („Der Wanderer“, 11. März 1846.)

Als Andersen zwei Tage nach seiner Ankunft – und dem Geburtstag – Castelli aufsuchte, wurde er nicht nur mit den obligaten zwei Küssen empfangen – er wurde auch selber zu einem Kuß aufgefordert: Castelli, dieser große Sammler vor dem Herrn, zeigte dem Gast Stücke seiner Dosensammlung. Tagebuch: „er reichte mir eine zum Küssen, sie hatte Voltaire gehört, hatte die Form einer Schnecke.“

Die Episode ist auch in *Das Märchen meines Lebens* übernommen, hier so erzählt:

„Ich sah alle Schnurrpfeifereien Castellis, seine Sammlung von Schnupftabaksdosen, eine davon, in Form einer Schnecke, hat Voltaire gehört. ‚Neigen Sie sich – und küssen Sie sie!‘ sagte er.“

Die Dose, laut Castellis eigenhändigem Katalog über 1282 Stück seiner Sammlung, bestehend aus „einer Perlmuschel, trichterförmig gewunden, gerippt, mit schwarzen Flecken. Scharniere und Deckel von Silber“, kann heute zwar nicht mehr geküßt, wohl aber unter Vitrinenglas besehen werden. Sie befindet sich im Historischen Museum der Stadt Wien, in einem Schaukasten inmitten anderer Habschaften im Kleinformat, die Grillparzer gehört haben – Federmesser, Visitkarte, Stock, ein Wachsrelief der Mutter, ein Gänsekiel (von Katty Fröhlich als Eigentum des Dichters bezeugt) und ein von der Simonsonschen Töchterschule gestickter Lorbeerkranz mit der Inschrift: „Dem Dichter Franz Grillparzer zu seinem 80. Geburtstag."

Das Täfelchen neben der Muscheldose sagt: „Die Tabaksdose Molières aus dem Raritätenkabinett in Kassel, über den Schauspieler Ludwig Löwe an den Dichter Ignaz Castelli gekommen, der die Dose Grillparzer testamentarisch vermacht hat."

Molière also, nicht Voltaire!

Castelli, der zehn Jahre vor Grillparzer starb, schrieb in seiner testamentarischen Verfügung: „Meinem Freunde Franz Grillparzer vermache ich meine kleine Muscheldose (sub Nr. 114), sie ist zwar sehr unscheinbar, allein, Molière hat sie einst getragen. Die auf dem Deckel gravierte Chiffre enthält die Anfangsbuchstaben seines Namens P. M. (Poquelin Molière)."

BEGEGNUNGEN MIT GRILLPARZER

Im *Märchen meines Lebens* nimmt Grillparzer wenig Raum ein – weit weniger als etliche von kleinerer Statur. Andersen schreibt über die erste Begegnung im Juni-Juli 1834:

„In Sonnleithners Haus lernte ich Grillparzer kennen, der ‚Die Ahnfrau' und ‚Das goldene Vließ' geschrieben hatte, auf ehrliche Wiener Art reichte er mir die Hand und grüßte mich als Dichter mit:

Gleicher Stamm erkennt sich wieder,
Läg' inmitten eine Welt!
Gleiche Treue, gleiche Lieder
Nennen Dän' und Teutsche Brüder,
Leugnet's murrend gleich der Belt."

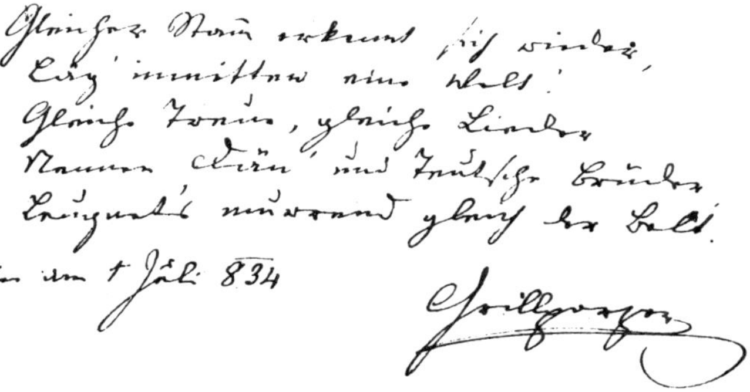
Gleicher Stamm erkennt sich wieder,
Läg' inmitten eine Welt!
Gleiche Treue, gleiche Lieder
Nennen Dän' und Teutsche Brüder
Leugnet's murrend gleich der Belt.
Wien am 1 Jul. 834
Grillparzer

Franz Grillparzer

Hier scheint einfach die Gelegenheit benützt, diesen Stammbuchvers neben anderen – von Castelli und Frau von Weißenthurn – anzuführen, gleichsam zur Dokumentation dessen, was Andersen an seine Freundin Jette Wulff schrieb: „Wien hat mir nicht gefallen, obwohl ich, wie Sie wissen, einen Freiplatz im Theater hatte und alle Dichter mich dann besangen." Noch knapper ist das Jahr 1846 in der Selbstbiographie abgetan: „Ich sah wieder den herrlichen Grillparzer . . ."

Das klingt mehr als karg. Nun war Grillparzer nicht so unmittelbar zugänglich wie etwa Castelli, der „Allerweltsgesellschafter". Er war kein Freund der überschwenglichen Umarmungen, der Konfidenzen und der Späße. „Adler und Genies horsten gern einsam", sagte Bauernfeld von ihm. Grillparzer selbst schrieb im Alter von vierzig Jahren von sich: „Es beginnt Abend zu werden." Andersen, der lebenslang Jugendliche, zumindest im Geiste, muß das gespürt haben, als er nach der Begegnung im Hause Sonnleithner notierte: „er kam mir etwas zusammengefallen vor", doch mit der Hinzufügung: „war im übrigen recht angenehm". Trotz der Grillparzer umgebenden Aura eines gewissen Noli me tangere wäre die sparsame Erwähnung im *Märchen meines Lebens* unverständlich und beinahe unverzeihlich, wenn Andersen es dabei – und bei der nichts anderes als kuriosen winzigen Episode in *Nur ein Geiger* (Seite 79) – hätte bewenden lassen. Das hat er jedoch nicht getan. Im buntesten und beschwingtesten seiner Reisebücher, *Eines Dichters Basar* von 1842, taucht Wien abermals auf. In einem Kapitel, das Andersen „Schattenrisse" (Silhouetten) überschrieben hat, skizziert er Impressionen von Strauß Vater, von Sigismund Thalberg am Klavier, von Johanna Franul von Weißenthurn in ihrem Hietzinger Garten. Und zuletzt heißt es:

Burgschauspieler Ernst Hartmann (1844–1911) mit seiner Braut Helene Schneeberger.

Hans Christian Andersen. Fotografie des Kgl. Hoffotografen Elfelt (1869).

Jenny Lind, die „Schwedische Nachtigall" (1820–87).

Andersens umfangreiches Reisegepäck, das den Dichter auf seinen großen Reisen quer durch Europa begleitete. Das Seil sollte ihm im Falle eines Brandes zum Abseilen dienen.

„Wir sind in Wien, in der Inneren Stadt! Wir steigen eine breite Steintreppe zwischen dicken, kalten Mauern hinauf! Große eiserne Türen mit Vorhängeschlössern zeigen sich zu beiden Seiten, dahinter sind Geld und wichtige Akten verwahrt. Wir treten in ein kleines Kabinett. Die Wände sind verdeckt von Regalen, auf denen große Folianten stehen, ringsum liegen Stöße von Dokumenten, lauter Amtsakten. Ein stattlicher, ernster Mann sitzt am Pult, was ihn beschäftigt, hat durchaus nichts mit poetischen Dingen zu tun. Der barsche Ausdruck in seinem Gesicht verwandelt sich in Wehmut, er sieht uns an, in diesem Blick sind Seele und Gedanke. Wie oft hat er ihn auf Gottes Natur gerichtet, und sie hat sich in diesem Blick gespiegelt. In seiner Jugend sang er vom Kampf in seiner Seele für uns. Seine Muse offenbarte sich gespensterhaft und dennoch als frische, blühende Maid im Bild der ‚Ahnfrau'. Im Mannesalter gab er uns ‚Das goldene Vließ'. Es hängt im Tempel der Musen – sein Name prangt darauf: Grillparzer."

Über den *Dichter* Grillparzer ist hier wenig ausgesagt. Dafür besuchen wir den „armen Hofrat" (wie Heinz Politzer ihn genannt hat): Grillparzer als Direktor des Hofkammerarchivs, am Pult von Amts wegen mit durchaus unpoetischen Dingen beschäftigt, unwirsch und wehmütig zugleich, beengt und beschränkt von Faszikeln und Folianten in einem Kabinett, das bei aller ärarischen Solidität irgendwie an das „enge Zimmer" Fausts erinnert. Soweit das Ambiente. Das eigentliche Porträt, nur angedeutet, ist gar nicht sehr verschieden von dem, das Marie von Ebner-Eschenbach von dem ganz alten Grillparzer gezeichnet hat: „Die Stirn prachtvoll . . . und wie umwoben von den Geistern großer Gedanken . . . Gedanken auch einer wahrhaft genialen Selbstquälerei und vielleicht nie ausgesprochener Reue . . .

am ergreifendsten der auch im Schweigen beredte Mund . . .“

„Das goldene Vließ“ war für Andersen kein bloßer Name. Er verschaffte sich die Trilogie zwei Tage nach der Begegnung in Hietzing, begann zu lesen und fand darin „kräftige, gutgeschriebene Charaktere“ (Tagebuch, 17. Juni 1834). Eine Woche später war er damit fertig: „es ist ein ganz meisterhaftes Werk, das ihm einen Platz unter den Unsterblichen Deutschlands gibt“ (24. Juni). Am 27. besuchte er sodann Grillparzer, „der sehr vortrefflich war, wünschte, er könne Dänisch, sprach von Oehlenschlägers wunderlichen undeutschen Konstruktionen, schätzte aber seinen großen Wert“. (Oehlenschläger, der sich eine Zeitlang halb als dänischer, halb als deutscher Dichter fühlte, hatte unter anderem sein Trauerspiel *Correggio* in deutscher Sprache geschrieben. Es war in Wien notabene ein Erfolg und wurde ab 1815 sechzigmal aufgeführt.)

„Er wohnte recht wohlhabend“, heißt es in Andersens Tagebuch. Jenes erste Mal besuchte er Grillparzer also nicht im Amt, er muß in der Bräunerstraße Nr. 11 gewesen sein, wo Grillparzer von 1832 bis 1835 in vier Zimmern hauste. Erst viel später, am 1. Mai 1849, zog er zu den Schwestern Fröhlich in das Haus Spiegelgasse 21 und war dort bis zu seinem Tod „möblierter Herr“ – übrigens nicht in Untermiete bei seiner „ewigen Braut“ Katty, sondern, kontraktlich, bei ihrer musiklehrenden Schwester Anna.

Das Dasein als möblierter Herr, als ewiger Untermieter, war etwas, das Andersen mit Grillparzer gemeinsam hatte, nur war er wesentlich unsteter. Das hing mit seiner Zugvogelnatur – er nannte es auch „Storchennatur“ – zusammen. Es kostete seine Freunde viel diplomatische Überredungskunst, bis er sich mit einundsechzig Jahren endlich ein eigenes Bett anschaffte. „Ich habe einen Schreck davor, selbst Bett und Möbel zu kaufen – denken Sie, mit wieviel ich da umziehen müßte, wenn ich einmal hinaus will, um ‚Weltluft' zu atmen", schrieb er 1866 an Jette Collin, die ihm beim Einrichten von zwei Zimmern – in Untermiete – behilflich war und scherzend zurückschrieb: „Ich dachte, wir waren einig, daß Sie jetzt anfangen sollten, sich als ein ‚älterer Mann' zu fühlen, aber davon merke ich noch nichts – es sind die gleichen Schmetterlingmanieren, die gleichen Storchäußerungen wie immer!" Das war entschieden anders als bei Grillparzer.

Es wäre natürlich auch abwegig, Schlüsse auf Gemeinsamkeiten aus der Tatsache zu ziehen, daß beide lebenslange Untermieter waren, weil sie ihr Leben lang Junggesellen blieben. Grillparzer, im Gegensatz zu Andersen, war nicht „unschuldig" und hatte bei den Frauen fast mehr Glück, als ihm lieb war. „Habe ich je geliebt?" schrieb er in sein Tagebuch, und das bezog sich nicht einzig auf Katty Fröhlich. Andersen, mit seinen mehreren schwesterlichen beziehungsweise mütterlichen Freundinnen, bekam zweieinhalbmal einen Korb (hier muß der antiquierte Ausdruck gestattet sein): als Fünfundzwanzigjähriger von der anderweitig verlobten Riborg Voigt; kurz danach stillschweigend und schonend von den Collins als Klan im Namen der jüngeren Tochter, Louise – da er nicht „gefreit" hatte, war es nur ein halber, ein getarnter Korb; und schließlich, als längst berühmter Mann, von Jenny Lind. Gelegentlich wird von Andersen-Biographen die Frage aufgeworfen, ob er mit etwas Insistenz imstande gewesen wäre, den Verlobten der jungen Riborg auszustechen. Vielleicht war, was ihn zurückhielt, zutiefst die gleiche Hemmung, aus der heraus Grillparzer auf die Frage Deinhardsteins, warum er seine Katty nicht heirate, die berühmte Antwort gab: „I fürcht' mi."

Im übrigen springen die Unterschiede in die Augen: Andersen extrovertiert, Grillparzer introvertiert und schwierig. „Es ist etwas in mir, das sagt, es sey eben so unschicklich das Innere nackt zu zeigen als das Äußere" – nicht viel anders ist das im „Schwierigen" ausgedrückt. Zum Temperamentunterschied kam auch der Unterschied im Alter, noch verstärkt durch die entgegengesetzte Einstellung zum Altsein, und nicht zuletzt der Unterschied im Status. Im Jahre 1834 war Andersen noch nichts, Grillparzer, von seiner bürgerlichen Stellung als Direktor im Hofkammerarchiv ganz abgesehen, der anerkannte große Dramatiker. Just Anerkennung aber war das, wonach Andersen lechzte, und alles, was der Selbstbestätigung dienen konnte, war deshalb wichtig. Begreiflich also, wenn er seinem Gönner in der Heimat, dem Konferenzrat Collin, nicht vorenthielt, daß er in Wien mit „Poeten" und sogar mit dem großen Grillparzer verkehrte:

„Von den hiesigen poetischen Bekanntschaften sagt mir die mit Castelli am meisten zu, das ist ein ausnehmend natürlicher, liebenswürdiger Mann, noch dazu wohnt er so reizend auf dem Land, daß man bei ihm ein halber Poet werden muß . . . Zu dem Dichter Grillparzer, im Augenblick wohl der erste Dichter Deutschlands, komme ich ab und zu, er interessiert sich sehr für die dänische Literatur, bezeigt mir viel Freundschaft und schätzt die paar von meinen Gedichten sehr, die Chamisso übersetzt hat." Der Brief ist mit Wien, 6. Juli 1834 datiert. Die Darstellung – auch was den einen Besuch in Castellis Hütteldorfer Landhaus betrifft – ist nicht gerade als eine „Untertreibung" zu bezeichnen.

Am 2. Juli holte Andersen sich den Stammbuchvers

Grillparzers: „Fieberkrank. Ging dennoch aus und zu Grillparzer, der in mein Stammbuch geschrieben hatte, aber noch auf dem Land war, kam erst um 11 Uhr herein. Ich war ganz entkräftet, mir zitterten die Hände und der Schweiß tropfte mir von der Stirn. Ich lebe bestimmt nicht mehr lange, wäre ich doch in Italien gestorben . . ."

Neben diese Tagebucheintragung gehört eine vom 13. Juni. Andersen war im Burgtheater, war aber so mißgestimmt, daß er die Vorstellung nicht zu Ende sah: „trabte straßauf, straßab und nach Hause, wo ich mich, ohne Licht zu machen, auf das Bett warf. Ich bin meines Lebens überdrüssig, daß ich oft wünschen möchte: Sollen wir den Vogel nicht fliegen lassen?"

Grillparzer, der mit schwarzen Gedanken vertraut war und die Bruchlinien in seinem Innern kannte, mag im jüngeren „dän'schen Bruder" ähnliche Belastungen wie die eigenen gespürt haben. Was er mit Sicherheit wußte, war, daß er einen Dichter vor sich hatte. Nicht wegen der paar Gedichte „im Volkston", die er in der Übersetzung Chamissos kannte – und die Schumann vertonen sollte –, sondern weil Andersen, der in jenen Wochen mit dem *Improvisator* schwanger ging, sein Dichterwesen ausgestrahlt haben muß. Das Stammbuch-Epigramm Grillparzers klingt mit seinen trutzenden Worten wenig persönlich, aber vielleicht steckt in der ersten Verszeile, in dem „Gleicher Stamm erkennt sich wieder", ein sehr persönliches Erkennen, von Nachtseite und Dichterhelligkeit zugleich. –

Ein Distichon in Andersens Stammbuch stammt ebenfalls von Grillparzer, nur ist es sieben Jahre später geschrieben, am 22. Juni 1841, während des zweiten Wienbesuchs Andersens:

Dein ist die Saat und der Fleiß, d'rum dein der Lohn des Bewußtseyns;
Aber wie Regen und Thau, träuft aus den Höh'n der Erfolg.

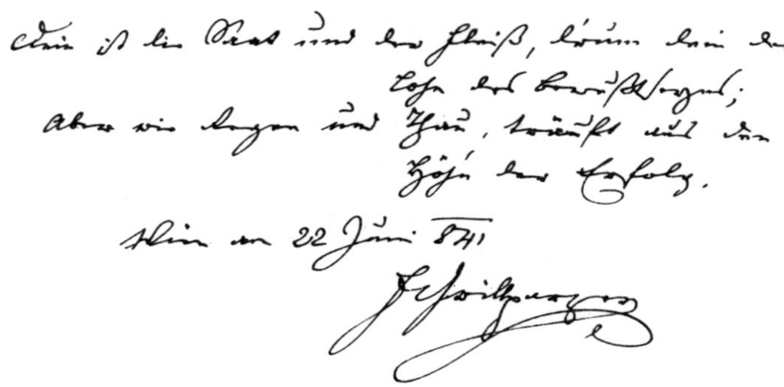

Franz Grillparzer

In der Zwischenzeit war tatsächlich der Erfolg „wie Regen und Thau" aus den Höhen geträufelt. Andersen war sowohl anerkannt wie bekannt, er war der auch im Ausland, namentlich im deutschen Sprachraum, viel gelesene Autor von drei Romanen, bislang fünfzehn Märchen – hierunter *Die kleine Seejungfer, Des Kaisers neue Kleider* und *Der standhafte Zinnsoldat* – und einem mit Beifall aufgenommenen Theaterstück usw. Er war sogar seine pekuniären Sorgen los, zumindest teilweise – daß er sie nie ganz los wurde, lag nicht an finanziellen Dingen, sondern in seinem Temperament. Jedenfalls erhielt er seit 1838 einen staatlichen „Dichterlohn", 400 Reichstaler jährlich. „Jetzt habe ich immerhin einen kleinen Brotbaum in meinem Dichtergarten und brauche nicht vor jedermanns Tür zu singen, um eine Brotkrume zu bekommen", schrieb er an Ingemann. –

Andersen suchte Grillparzer am 11. Juni 1841 auf, eine Woche nach seiner Ankunft in Wien. Grillparzer war „sehr erfreut, mich wiederzusehen, und gab mir einen Brief für Halm: den Freiherrn Münch, den ich nicht antraf". (Tagebuch.) Freiherr von Münch-Bellinghausen, alias der Dichter Friedrich Halm, war entweder verreist, oder Andersen gab es auf, ihn zu treffen. Er lernte ihn erst bei seinem fünften Wienbesuch kennen, aber Grillparzers Empfehlungsbrief an Halm befindet sich in der Königlichen Bibliothek zu Kopenhagen und lautet:

„Ich erlaube mir, Ihnen den Überbringer dieser Zeilen, den dänischen Dichter Andersen, vorzustellen, den Sie ohne Zweifel aus mehreren seiner Werke kennen, und zur gütigen Aufnahme zu empfehlen.

ergebenst
Grillparzer"

Am 6. Juni 1841 war Andersen zum Trauerspiel *Der Adept* von Halm im Burgtheater gewesen. Am folgenden Tag sah er dort zwei Akte der *Ahnfrau;* darüber im Tagebuch: „Man muß aufgelegt sein, um solche Stücke zu sehen, hinterdrein genehmigte ich mir einen kleinen Kalbsbraten." Dies vertraute er Grillparzer weder beim ersten Wiedersehen noch bei seinem zweiten und letzten Besuch, am 22. Juni, an. Im Tagebuch steht auch über diesen nur sehr wenig, was bedauerlich ist, da Grillparzer offenbar gesprächig war: „bei Grillparzer, der fand, ich sei im Augenblick der einzige natürliche Dichter. Seine Anekdote über die Zensur *‚nicht gut gesungen'* verwandelt in *‚sehr gut gesungen'*."

Im Wien des Vormärz gingen unzählige Zensuranekdoten um; die hier in Schlagworten angedeutete Anekdote ist nicht zu rekonstruieren. Andersen, der, wie am *Geiger* demonstriert wurde, mit seinem Erlebnisstoff so haushälterisch umging, hat die Anekdote nicht verwertet. Bei Castelli, dem passionierten Sammler, der auch Zensuranekdoten gesammelt hat und in seinen Memoiren eine Blütenlese von Absurditäten bringt, findet sich keine Erklärung. Die Tagebücher Grillparzers selbst enthalten nichts über die konkrete Angelegenheit. Seine allgemeinen Betrachtungen über Zensur und Zensoren enden in der paradoxen Schlußfolgerung: „Es kann keine Zensur geben, weil es keine [qualifizierten] Zensoren gibt."

Die auf deutsch notierten Worte vom 22. Juni 1841 sind die letzte Äußerung Grillparzers, die Andersen in seinen Tagebüchern vermerkt hat. Er sah ihn nur noch ein einziges Mal, bei seinem nächsten, dem dritten Besuch in Wien im Jahre 1846: „Ging zu Grillparzer, der bedeutend älter geworden ist." (Tagebuch, 9. März 1846.)

Bei seinen weiteren Aufenthalten in Wien, 1854 und 1869, suchte Andersen Grillparzer nicht auf. Als er im Mai 1872 zum sechsten- und letztenmal nach Wien kam, war Grillparzer tot. Er war am 21. Januar gestorben.

FREIKARTEN FÜRS BURGTHEATER

„Seit man nicht mehr in die Kirche geht, ist das Theater der einzige öffentliche Gottesdienst.“

So lautet eine von Grillparzers aphoristischen Tagebuchbetrachtungen, und Andersen hätte sie ohne weiters unterschrieben. Für ihn war das Theater sogar noch mehr, nämlich zugleich eine tiefpersönliche Angelegenheit. Es war lebenslang seine große und teilweise unglückliche Liebe, und der allabendliche Theaterbesuch beinahe Minnedienst. Ein Tag ohne Theater war unvollständig, ein theaterloser Abend halb vergeudet. Im übrigen hinderte die heiße Liebe zum Theater ihn nicht daran, das Geschehen auf der Bühne mit fachkundigen und durchaus nicht unkritischen Augen zu betrachten. Er kannte das Theater auch von der Kulisse und Bühne her – als Komparse, als Ballettjüngling –, er kannte es als Autor, vor allem aber vom Zuschauerraum aus.

Das Burgtheater war ihm natürlich von vornherein ein Begriff. Am 9. Juni 1834 kam er in Wien an, am 10. Juni war er bereits bei Deinhardstein, der in Kopenhagen kein unbekannter Name war, da er im Königlichen Theater gespielt wurde. Andersen suchte den Direktor mit dem Titel Regierungsrat erst im Theater selbst, dann in seiner Wohnung in der Bärenmühle, außerhalb des Kärntnertors, und fand ihn schließlich, von Deinhardsteins Frau dorthin gewiesen, in der Reichskanzlei. Tagebuch: „Er hatte meinen Empfehlungsbrief . . . gelesen und kam mir ungemein liebenswürdig entgegen, umarmte mich, nannte mich sogar Professor und bot mir an, während meines Hierseins jeden

Abend einen Platz im kaiserlichen Theater zu benutzen. Gern wäre ich noch am gleichen Abend gegangen, wie er es wollte, da sie den Götz von Berlichingen in der letzten Bearbeitung von Goethes Hand aufführten, aber ich hatte ja bei den Sonnleithners zugesagt."

Die Vergünstigung der allabendlichen Freikarte für das Wiener Burgtheater, „was sowohl meiner Eitelkeit schmeichelt wie meinen Geldbeutel schont", war etwas, das mehreren Korrespondenten in der Heimat mitgeteilt werden mußte, der Freundin Jette Wulff mit diesen Worten:

„Der Dichter Deinhardstein, der Direktor des kaiserlichen Burgtheaters – Sie kennen seinen ‚Garrick in Bristol' und ‚Hans Sachs' –, lud mich sofort ein, einen Parkettplatz zu benutzen, solange ich hier sei; so habe ich in Wien, was die liebe Heimat mir nicht geben wollte, obwohl es mir von Rechts wegen zustünde. Ich gehe jetzt jeden Abend ins Theater und habe viel Freude daran."

„Jeden Abend" ist beinahe wörtlich zu nehmen. Andersen war 1834 achtundzwanzig Tage in Wien. Davon verbrachte er fünfzehn Abende im Burgtheater, und wäre es nicht am 1. Juli auf einen Monat geschlossen worden, so hätte er seine Freikarte bis zur Abreise am 8. Juli noch mehrmals genießen können. Von den restlichen Abenden war er dreimal in der Oper, das heißt im Kärntnertortheater, und je einmal in den Vorstadttheatern: im Josefstädtertheater, im Theater an der Wien und im Theater in der Leopoldstadt.

Das Repertoire unter Deinhardstein, der sein Amt zwei Jahre zuvor angetreten hatte, läßt sich aus dem Tagebuch Andersens fast lückenlos rekonstruieren. Es war kein sehr brillanter Spielplan, erstaunlich aber ist, daß Andersen in der Lage war, an den fünfzehn Abenden in der Burg – fünfzehn von den zwanzig möglichen im Zeitraum vom 11. bis zum 30. Juni – fünfzehn verschiedene Vorstellungen zu sehen.

Am 11. Juni, einem Mittwoch, ging er zum erstenmal „in das kaiserliche Burgtheater, wo ich meinen Platz im ersten Parterre habe. Das Haus ist schön, vier Ränge, schlecht beleuchtet, ich sah *Die Lästerschule* nach dem Englischen. Es wurde gut gespielt, und es war gut lokalisiert. Das Tableau von Schillers Glocke im ersten Akt schön." (Tagebuch.)

Nicht alles, was er auf dem Michaelerplatz zu sehen bekam, war von der unverwüstlichen Art der Sheridanschen Komödie. Die meisten Stücke, aus weit vergänglicherem Stoff geschneidert, sind heute ebenso verschollen wie die Namen ihrer Väter (von verschiedener Nationalität). Aber natürlich standen nicht weniger als vier Stücke des damals unvermeidlichen Kotzebue auf dem Spielplan:

Samstag, 14. Juni: „. . . Im Burgtheater gaben sie *Die Indianer in England.* Mathilde Wildauer [vierzehnjährig!] debütierte zum drittenmal, als Gurli, wurde während der Vorstellung und nachher hervorgerufen, sie war recht ansprechend und sagte zuletzt: ‚Ihr habt mich als Kind freundlich aufgenommen, und aus kindlichem Herzen danke ich euch!' Im übrigen ein schales Stück. Kotzebue besaß Verstand, nicht aber Phantasie; er dichtete schlechte Stücke, brachte jedoch durch seinen Verstand einen glänzenden Dialog zustande."

Freitag, 27. Juni: „. . . sah im Burgtheater Kotzebues Idylle *Maria,* die sehr geistlos ist, danach sein *Taschenbuch,* das mir die Tränen in die Augen trieb."

Montag, 30. Juni: „. . . Im Burgtheater, wo die Saison (nur Juli Ferien) mit Kotzebues *Das Intermezzo oder Der Landjunker zum ersten Mal in der Residenz* schloß." Das Tagebuch enthält hier keinen Kommentar.

Kommentiert ist hingegen der *Bräutigam aus Mexiko* von Clauren, in dem Jungfer Wildauer zum erstenmal als engagiertes Mitglied spielte. Jungfer Pistor war hervorragend. Herzfeld ist mir unausstehlich. Jungfer Wildauer wurde wieder einmal hervorgerufen, sagte naives Zeug, auswendig gelernt, will ich meinen. – Das Stück ist eine Art Moderholz, das im Dunkeln leuchtet, es hat – wie [auch] alle Stücke von Kotzebue – eine Bühnenwirkung, ist aber höchst unwahrscheinlich. Madame Koberwein war eine vorzügliche Hedewig. – Auf dem Heimweg Gewitterguß mit Geblitze." (Tagebuch, 24. Juni.)

Vorzüglich fand er auch Madame Weißenthurn in *Der Amerikaner* nach Camillo Federici, aber „ich konnte bei meiner schlechten Laune nur drei Akte aushalten". (13. Juni.) *Alboin der Langobardenkönig*, ein Trauerspiel von Friedrich de la Motte Fouqué, mißfiel ihm (22. Juni), in Bauernfelds *Liebesprotokoll* entdeckte er „gute Auftritte" (17. Juni).

Schließlich bot der Spielplan die Gelegenheit, zweimal Deinhardstein in Wien mit den entsprechenden Vorstellungen in Kopenhagen zu vergleichen:

Donnerstag, 19. Juni: „. . . [aus Klosterneuburg] fuhren wir im Galopp nach Hause, wo ich im Burgtheater Deinhardsteins *Garrick in Bristol* sah, der mich daheim fast mehr amüsiert hat. Löwe gefiel sehr."

Sonntag, 29. Juni: „Im Burgtheater sah ich Deinhardsteins *Hans Sachs,* ein sächsischer Hofschauspieler, Lipphardt, hatte die Hauptrolle, gefiel mir aber nicht. Meister Steffens – Herr Wilhelmi – und die Tochter – Mad. Anschütz – waren weit besser als Holm und Mad. Wexschall. Die Prozession im letzten Akt ist auch viel prächtiger bei uns."

Fünfzehn verschiedene Stücke an fünfzehn Abenden, aber darunter kein Shakespeare, kein Schiller und vor allem kein Grillparzer. Es war kein Zufall. Schreyvogel, der künstlerische Leiter – den Direktorstitel bekam er nicht – in der ersten Glanzperiode des alten Burgtheaters, hatte sein Repertoire auf den Klassikern aufgebaut, soweit er sie durch das Nadelöhr der Zensur zu ziehen vermochte. Die Behauptung Bauernfelds, er sei 1832 nicht an der Cholera, sondern „am Oberstkämmeramte und am ‚österreichischen System'" gestorben, ist zwar nicht wörtlich zu nehmen, aber jedenfalls war er auf unschöne Weise fortintrigiert worden. Sein Nachfolger Deinhardstein, der leichtlebige „Vollblutwiener", war keine Kämpfernatur, und schließlich gab es sowohl daheim wie im Ausland tüchtige Stückeschreiber, die nicht einmal in der Burg Anstoß erregen konnten.

So sah Andersen 1834 als einzige Klassikervorstellung den *Götz*, den er am ersten Tag versäumen mußte, aber am Sonntag, dem 15. Juni, nachholte:

„Anschütz hat ein schönes Äußeres, war aber doch nicht so gut wie Esslair. Die Szene mit den Zigeunern wirkte gut. Der Georg von Herzfeld war abscheulich, das scheint ein junger Jude zu sein."

Eine solche Bemerkung, deren es in den Tagebüchern des jungen Andersen mehrere gibt, darf nicht zu der Annahme verleiten, er sei irgendwie „antisemitisch" gewesen. Einer seiner allerersten Wege in Wien führte zu dem Rabbiner Dr. Isac Noa Mannheimer, einem gebürtigen Dänen. Er war dreimal in dessen Haus, hatte Gespräche über Lyrik – Mannheimer bewunderte die *Todtenkränze* von Zedlitz – und folgte zweimal einer Einladung in die „Judensynagoge". Dort wunderte es ihn zunächst, daß alle die Hüte aufbehielten, „das genierte mich". Er vermerkte auch, daß ein Choral wie „die vollkommene Opernmusik" klang und daß „die meisten Juden lange weiße Schleier um die Schultern" trugen, aber „Mannheimer hielt eine schöne Predigt, ganz christlich, sagte sogar: ‚Suchet, so werdet ihr finden, klopfet an, so wird euch aufgetan', in gewissem Sinne führte er auch die Parabel von den Arbeitern im Weinberg an". (Tagebuch, 22. und 28. Juni.) – Später, auf seine alten Tage, fand Andersen einen jederzeit selbstverständlich und selbstlos gebotenen Komfort im Schoß von zwei hochmusikalischen jüdischen Familien, den Melchiors und den Henriques. Und in der Villa der Melchiors, im damaligen Kopenhagener „Cottage", starb Andersen auch.

Im Jahr 1841 kam Andersen wieder im Juni nach Wien, allerdings nur für neunzehn volle Tage. Burgtheaterintendant war nunmehr der über sechzig Jahre alte „schlaue Theater-Ulysses" Franz von Holbein, dem Bauernfeld vorwirft, er sei im Gegensatz zu Deinhardstein mit seinen Schemas und Schematismen so systematisch und bürokratisch gewesen, daß auch die Schauspieler sich allmählich als Beamte fühlten. Anderseits war es sein gewaltiges Verdienst, daß für die Bühnenautoren Tantiemen anstatt der bis dahin üblichen, nicht sehr üppigen Honorare eingeführt wurden. – Holbein findet sich natürlich in Andersens Stammbuch – nicht mit Versen, wohl aber mit einer Art „Programmerklärung":

„Die nicht selten rauhe und Müh'volle Bahn der Kunst dem wahren Talente zu ebnen, ist meine größte Freude, die Anerkennung der Würdigen mein Streben, mein Stolz."

Es war jetzt keine Gefälligkeit oder Gnade mehr, sondern ganz selbstverständlich, daß Andersen, als etablierter Autor, sich zu jeder Burgtheatervorstellung, die ihn interessierte, eine Freikarte holen konnte. Er sah zwei Stücke von Halm, *Der Adept* und *Griseldis,* ein Lustspiel von Terenz, *Die Brüder* („das mich nicht amüsierte"), drei Konversationsstücke, hierunter einen Bauernfeld, *Die Schuld* von Müllner („Das ist nicht unsere Zeit, diese Schicksalstragödien") und, wie bereits erwähnt, *Die Ahnfrau,* nach der er sich nicht nur einen Kalbsbraten, sondern auch eine halbe Flasche Tokayer vergönnte, „um ein gutes Glas Wein trinken zu können". Diesmal wurden außerdem ganze zwei Schiller-Stücke gegeben.

Den *Wilhelm Tell* sah er am 13. Juni 1841: „Die Art, wie die Chöre lange Sätze sprechen, ist vorzüglich, nicht durcheinander wie bei uns zu Hause, nein, es ist rhythmisch, fast zu musikalisch abgemessen, aber es wirkt. Wie schaubudenhaft nahmen sich Berge und See für mich aus, dem Gebirge und See noch so lebendig in der Seele standen!"

Am 20. Juni wurde der *Fiesko* aufgeführt: „Ging ins Burgtheater und sah einen Akt von *Fiesko,* hier traf ich den Kammerrat Drewsen und Frau, die Begegnung mit mir schien ihnen höchst gleichgültig zu sein, es stach sehr dänisch gegen die Liebe ab, die die Deutschen und alle Fremden mir auf der Reise bezeugt haben; es war, als träfen wir uns auf der Straße in Kopenhagen. Dachte etwas bitter an die Heimat. Ging in die Oper und hörte Mercadantes *Il bravo,* er hat schöne Harmonien. An einzelnen Stellen schwellen die Stimmen wie reiche Blumen . . . Ich fühle mich bei Musik immer so poetisch. Vor dem Theater war ich im Volksgarten und hörte dort Musik. Eigentlich ist Wien mir jetzt über, da ich keine Ruhe habe, um eine Arbeit in Angriff zu nehmen . . ."

Kammerrat Drewsen, ein Papierfabrikant, war entfernt mit den Collins verschwägert. Am folgenden Tag stieß

Andersen im Burgtheater wieder auf seine Landsleute, die ihm diesmal „nett und freundlich" vorkamen, „ich fühlte mich ihnen gegenüber gut gestimmt; wie wir uns doch von unserer Eitelkeit lenken lassen!"

Daß er, obwohl er sich auch diesmal durchaus nicht heftig nach Kopenhagen sehnte, Wien bereits wieder satt hatte, erklärt er selber: „keine Ruhe, um eine Arbeit in Angriff zu nehmen". War er 1834 mit dem *Improvisator* schwanger gegangen, so war er nun schwanger mit dem Buch, das seine jüngsten Reiseerlebnisse schildern sollte. „Meine Abende im Orient soll meine Reise heißen; heut' Abend küßt mir die Tokayer-Muse diesen Gedanken in die Seele", schrieb er, von der *Ahnfrau* und dem nachfolgenden Kalbsbraten zurückgekehrt, in sein Tagebuch. Er nannte das Buch aber *Eines Dichters Basar,* und außer den „Schattenrissen" von Wiener Persönlichkeiten – seine Silhouette Grillparzers haben wir kennengelernt – schrieb er ein eigenes Kapitel über die Wiener Theater. Darin heißt es über die Burg:

„Der Däne, der in Deutschland reist, kommt immer mehr zu der Erkenntnis, daß das dänische Nationaltheater einen bedeutenden Rang einnimmt . . . ‚Deutschland hat kein einziges Theater wie das in Kopenhagen!' habe ich mehrere Landsleute sagen hören, und ich muß ihnen recht geben, falls sie Wien nicht zu den deutschen Städten rechnen. Das Burgtheater in Wien steht ebenso hoch wie das dänische Theater, ja in mancher Beziehung höher – durch die Masse großer Talente, die es besitzt, durch das Zusammenspiel, die Natürlichkeit!"

Laube, der es wissen mußte, sagt in seinem Buch über das Burgtheater: „In Wien hat man vor nichts so große Angst auf dem Theater, als vor der norddeutschen Unnatürlichkeit und Manieriertheit." –

„Anschütz, Korn, Löwe, Karl La Roche, Wilhelmi, Fichtner“, heißt es weiter im *Basar,* „das sind Künstler im wahren Sinne des Wortes. Madame Rettich, Frau von Weißenthurn –! Ja, die vorzüglichen hervorzuheben, wird zu einer unendlichen Namensreihe. Wir dürfen aber nicht vergessen hinzuzufügen, daß das Burgtheater den Vorteil hat, einzig und allein für das Lustspiel, das Drama und das Trauerspiel wirken und atmen zu können, wogegen unser Theater, da wir nur dieses eine haben, außer jenen Schauspielarten seine Kräfte zwischen der Oper, dem Vaudeville und dem Ballett teilen muß.“

Das Königliche Theater in Kopenhagen, nicht mehr im gleichen Gebäude, aber am gleichen Platz und in der gleichen Funktion – der eines Nationaltheaters – wie in Andersens jungen Jahren, teilt noch heute seine Kräfte zwischen Schauspiel, Oper und Ballett. Obwohl natürlich längst mehrere andere Theater hinzugekommen sind.

Andersen schreibt weiter: „Will man ein deutsches Theater in seiner besten Erscheinungsform, will man deutsche dramatische Literatur kennen, und zwar von jener Rednerbühne gesprochen, für die sie geschrieben wurde, so muß man sich in *Wien* aufhalten. Dann wird man nicht, wie ich es von Dänen gehört habe, sagen können: Es gibt kein deutsches Theater, keine deutsche dramatische Literatur. Die Vorstellung eines einzigen Abends im Burgtheater überzeugt von ersterem, das Repertoire aber spricht für sich, was letzteres betrifft.“

Andersen war so überzeugt von der überragenden Bedeutung des Burgtheaters, daß er 1852 dem jungen Ibsen dringend eine Reise nach Wien anriet. Henrik Ibsen hatte ein Stipendium bekommen, um die Theaterverhältnisse in Kopenhagen, Berlin, Hamburg und Dresden zu studieren.

Andersen legte ihm ans Herz, von Dresden einen Abstecher nach Wien zu unternehmen, und stellte sogar in Aussicht, daß er um die gleiche Zeit dorthin kommen und dem jungen Norweger behilflich sein würde. Er empfahl ihm auch wärmstens, Ferdinand Raimund zu studieren. –

Etwas lose endet der Burgtheaterabschnitt im *Basar* mit Namen und Schauspieltiteln: „Schröders Lustspiel ‚Der Ring', Jüngers ‚Er mengt sich in Alles', ein Drama wie Ifflands ‚Jäger', Trauerspiele wie Goethes ‚Egmont' und Schillers ‚Wilhelm Tell' sind frische und unverwelkliche Zweige einer dramatischen Literatur. Und unter den Jüngeren – was äußert sich da nicht an dramatischer Kraft und Poesie bei Halm und Bauernfeld, um nur zwei zu nennen, die in Wien daheim sind . . ."

Daß Grillparzer hier nicht genannt wird, ist keine Unterlassungssünde, da zwei Seiten weiter sein „Schattenriß" gezeichnet wird, und Raimund ließ sich damals noch nicht in einem Atem mit dem Burgtheater nennen.

Dafür nennt Andersen, wie mehrmals angedeutet, eine Frau, die sowohl Schauspielerin als auch Bühnendichterin war: Johanna Franul von Weißenthurn, heute nur ein Name, damals ein Begriff. Die Sechzigerin machte 1834 hinreichend Eindruck auf den neunundzwanzigjährigen Andersen, daß er ihr im *Basar* einen „Schattenriß" widmete und im *Märchen meines Lebens* mehr Platz einräumte als allen anderen Wiener Bekannten, einschließlich Castelli. Sie stammte aus Koblenz, war aber dreiundfünfzig Jahre lang, vom Revolutionsjahr 1789 bis 1842, und somit unter vier Kaisern (sowie Napoleon), Mitglied des Burgtheaterensembles. Die sonstige Lebensbeschreibung „dieser interessanten Frau" kann Andersen – im *Märchen meines Lebens* – überlassen werden:

„Die jüngere Generation bei uns kennt, glaube ich, Johanna von Weißenthurn nicht, sie war die Tochter eines Schauspielers und trat bereits als kleines Kind auf der Bühne auf. 1809 spielte sie in Schönbrunn vor Napoleon die Phädra und erhielt von ihm ein Geschenk von 3000 Franken. Mit fünfundzwanzig Jahren schrieb sie, durch eine Wette veranlaßt, binnen acht Tagen das Trauerspiel *Die Drusen;* später hat sie an sechzig dramatische Stücke geliefert. Nach vierzig Jahren des Wirkens bekam sie von Kaiser Franz die goldene Zivilehrenmedaille, die hier noch keine Schauspielerin erhalten hatte, und diese verschaffte ihr die preußische goldene Medaille für Kunst und Wissenschaft. Sie verließ 1841 [1842] das Theater, starb am 18. Mai 1847 in Hietzing. Ihre Schauspiele sind in vierzehn Bänden erschienen."

Nach dieser Darstellung, die nicht viel anders lautet als die in Wurzbachs *Biographischem Lexikon des Kaiserthums Österreich,* schildert Andersen kurz seinen ersten Besuch in ihrem Hietzinger Landhaus und zitiert abschließend, was sie am 6. Juli 1834 in sein Stammbuch schrieb:

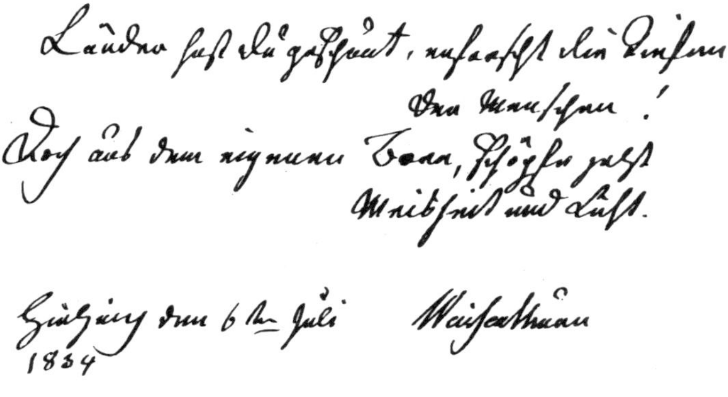
Länder hast du geschaut, erforscht die Sitten der Menschen!
Doch aus dem eigenen Born, schöpfe jetzt Weisheit und Lust.
Hietzing den 6ten Juli 1834 Weissenthurn

Johanna von Weißenthurn

„Länder hast Du geschaut, erforscht die Tiefen der Menschen!
Doch aus dem eigenen Born schöpfe jetzt Weisheit und Licht.“

Da das Königliche Theater in Kopenhagen vor 1834 nicht weniger als fünf Weißenthurn-Stücke spielte, Maßstab ihrer Popularität und Spielbarkeit, dürfte Andersen die meisten davon gesehen haben. In Wien sah er die Autorin selber auf der Bühne, allerdings nicht in einem eigenen Stück, und fand sie laut Tagebuch, wie gesagt, „vortrefflich“. Castelli und Laube waren ihr gegenüber etwas kritischer. Castelli findet ihre Lustspiele besser als die ins „Hypersentimentale“ ausartenden Rührstücke und beanstandet ihre weinerliche Manier als Schauspielerin, aber „als Frau war sie sehr anständig, im Umgang anziehend und hatte wenig Komödiantisches an sich“. Laube meint, sie sei als Schauspielerin „nie von Bedeutung“, als Theaterschriftstellerin „immerhin um einen Grad wichtiger“ gewesen.

Andersen machte ihre persönliche Bekanntschaft am 6. Juli 1834, einem Sonntag drei Tage vor seiner Abreise aus Wien. Tagebuch:

„Unverschämte Wäscherechnung! Sehr heiß. War auf der Polizei und bekam meinen Paß visiert . . . dann in drückender Sonnenhitze in einem vollgepfropften Gesellschaftswagen nach Hietzing. Hier ging ich nun zur Dichterin Frau von Weißenthurn, die ich letztesmal, als Sonnleithner mit war, nicht angetroffen hatte. Sie kam mir ungemein freundlich entgegen, ist eine schöne ältliche Dame, wir waren bald bekannt, sie sprach über ihre Arbeiten.“ Frau von Weißenthurn sprach auch „über Castellis Gedicht auf das Frauenzimmer, das für ihn Haus geführt hat, zu mir sagte er, seine

Frau, und daß die Welt seine Gefühle nicht geteilt habe, [sprach] über Grillparzer, der ganz zusammenfalle, fragte, ob ich einen Empfehlungsbrief von ihr an Hofrat Winkler (Theo Hell) in Dresden haben wolle, ich bejahte dankend und versprach, gegen Abend wiederzukommen, da würde ich auch ein Stammbuchblatt von ihr erhalten. – Bei den Sonnleithners war ich ganz allein und bekam ein gutes Essen, nach dem Kaffee ging ich wieder zu Frau von Weißenthurn, sah ihren kleinen, aber hübschen Garten, der mit Geschmack angelegt war und von Blumen duftete, zwei ganz junge Damen wurden ersucht, mich zum Lusthaus hinaufzuführen, damit ich die Aussicht von dort sehen könne, Wien und die ganze Umgebung lag da vor einem, die Damen fragten viel über Italien und schienen glücklich über das, was ich ihnen erzählte . . ."

Andersen besuchte die liebenswürdige alte Schauspieler-Dichterin mit der scharfen Zunge auch bei seinem zweiten Aufenthalt in Wien. Tagebuch, Sonntag, 13. Juni 1841:

„Regen; fuhr nach Hietzing, fragte eine Frau nach dem Landsitz der Frau von Weißenthurn: ‚Die zweite Straße, ein hübsches kleines Haus, freundlich und gemütlich wie die Frau von Weißenthurn selber', war die Antwort. Sie empfing mich sehr erfreut und ungezwungen, ich blieb zum Mittagessen. Frau W. sagte von Beethoven, den sie gekannt hat, er sei ein ungeschliffener, unangenehmer Mensch gewesen, der andere Leute mit der größten Seelenruhe kränkte, es sehe daher seltsam aus, wenn man seine Persönlichkeit in Schriften apotheosiere. Frau W. tritt noch auf . . . Sie ist ihre eigene Gärtnerin, hier wachsen Tannen, Birken, Tulpenbäume und Linden, wunderschöne Rosen."

Eine Woche später war er in ihrer Stadtwohnung. Sie zeigte ihm eine von ihren „Geschwistern in der Kunst" gespendete Vase: „Der Lorbeerkranz um die Leier hatte goldene Blätter, auf denen etliche Stücke, in denen sie gespielt hat, standen, und grüne Blätter mit den Namen aller ihrer Werke. Vielleicht soll dies bedeuten, daß sie immer grünt und daß sie die Lorbeeren der anderen mit Gold betupft hat; vielleicht hat man sich auch nichts dabei gedacht. Außerdem [zeigte sie mir] ein prächtiges Album, alle ihre Kunstgenossen haben hineingeschrieben, ich war der erste Fremde."

Der „Schattenriß" in *Eines Dichters Basar* besteht aus einer Beschreibung der leier- und lorbeergezierten Prunkvase und des Hietzinger Gartens, „wo sie jeden Baum gepflanzt, jede Blume selber gesetzt hat" – und aus einer langen Fußnote über ihr letztes Auftreten sowie eine napoleonische Reminiszenz. Interessanter ist, daß Frau von Weißenthurns in der Tat „prächtiges Album" sich in der Handschriftensammlung der Wiener Stadtbibliothek befindet: schwarzes geprägtes Leder mit Beschlägen, auf dem Umschlag in goldenem Metallrahmen ein hübscher kolorierter Stich des alten Burgtheaters, im Inneren aber alle ihre Kollegen von der Bühne, die meisten nicht nur mit Worten, sondern auch im Bild, großenteils sehr präsentable Kupferstiche. Das Album war so recht geeignet, auf einem Salontisch Eindruck zu machen. Begonnen wurde es 1839, also ganz offenbar zur Feier der fünfzigjährigen Zugehörigkeit der Frau von Weißenthurn zum Burgtheater, und eingeleitet ist es vom Grafen Moritz Dietrichstein, zweimal oberster Hoftheaterdirektor, der pompös anhebt: „Doppelte Gaben verlieh Dir Apoll . . ."

Eine einzige Eintragung ist nicht (ausschließlich) in deutscher Sprache, die Andersens auf Seite 151, hier wiedergegeben, wie sie dort steht:

„Paa Scenen og i Hjemmet Du os lærte
At Hverdags Livet eie kan Magie.
Natur og Poesi er i dit Hjerte,
Natur og Hjerte i din Poesi.

Die Vernunft in der Vernunft, dass ist das Wahre;
Die Vernunft in dem Willen, dass ist das Gute.
Die Vernunft in der Phantasie das ist das Schöne.

erinnern Sie sich bey diese Gedanken-Thema Ihres freundlich ergebenster

H. C. Andersen aus Kopenhagen.

Wien 19 Juni 1841."

Mit dem „Gedanken-Thema" vom Wahren, Guten und Schönen wiederholte Andersen, was sein Freund Örsted ihm selbst ins Stammbuch geschrieben hatte, als er 1833 seine Bildungsreise antrat.

Der dänische Vierzeiler für Frau von Weißenthurn lautet in Übersetzung:

Im Haus wie auf der Bühne du uns lehrtest:
Es gibt im Alltagsleben auch Magie.
Natur und Poesie in deinem Herzen wohnen,
Herz und Natur in deiner Poesie.

FREI NACH RAIMUND

Im Theaterkapitel des *Basar* ist auch vom Wiener Vorstadttheater die Rede:

„Außer den beiden genannten k. k. Theatern [Burg und Kärntnertortheater, in dem Andersen 1834 und 1841 fast nur italienische Opern hörte, vom *Fidelio* abgesehen] hat Wien in den Vorstädten mehrere volkstümliche Theater, wo der ehrliche Bürger sich an den Dialekten ergötzt, wo er den Alltag vom bengalischen Feuer der Poesie bestrahlt sieht. Der Nordländer muß mit den Wienern gelebt haben, muß das Volk kennen, um das sehr Geniale richtig würdigen zu können, das in den oft nur lose skizzierten Stücken steckt . . .

In Dänemark haben wir eine dramatische Dichtungsart, die die Wiener nicht besitzen, nämlich die Heibergschen Vaudevilles, aber so sehr diese teils durch ihren Wert an sich, teils dank einer ausgezeichneten Darstellung bei uns zu Hause wirken, glaube ich doch nicht, daß sie in bezug auf Humor und poetischen Wert höher als eine Dichtungsart gestellt werden können, die die Wiener für sich allein haben, und wir nicht – ihre Volkskomödie, und namentlich die Raimunds!“

Dabei hatte Andersen, als er *Eines Dichters Basar* schrieb, weder in Wien noch sonstwo ein Raimund-Stück gesehen. Hingegen sah er bei seinem einzigen Besuch im Theater in der Josefstadt, am 16. Juni 1834, eine Parodie auf den *Verschwender,* der im Februar ebendort uraufgeführt worden war: *Der Streichmacher* von Karl Meisl, auf dem Theaterzettel als „ein scherzhafter Kontrast zum ‚Verschwender‘ von Raimund“ bezeichnet. Meisls Parodie, die zwölf Aufführungen erlebte, hatte zwei Tage zuvor, am 14. Juni, Premiere gehabt.

Andersen hat eine amüsante Tagebucheintragung über seinen ersten Vorstadttheaterabend:

„Ging ins Theater in der Josefstadt, es hat drei Ränge und ist recht freundlich. Man gab: *Der Streichmacher* (Kontrast zu Raimunds vielgespieltem *Verschwender*). Eine ziemlich dicke Dame aus Baden hatte die Rolle der Fee. Neben mir saßen zwei junge Damen, die über alles lachten, von allen Leuten lorgnettiert und von den jungen Herren umschwärmt wurden. Die eine sagte von der Fee: ‚Na, das ist ja eine gute Parodie auf mich!‘ – die andere erklärte mir das Stück und sagte, ihre Freundin spiele die Fee im ‚Verschwender‘, das sei ein ganz anderes Stück. Die Dame hieß Fischer. Als ich nach Hause ging, war es so windig, daß alles eine einzige Staubwolke war.“

Die „ziemlich dicke“ Dame war Madame Scotti vom Städtischen Theater in Baden. Es spricht für Demoiselle Fischer, die Darstellerin der Fee Cheristane in der allerersten Besetzung von Raimunds „Original-Zaubermärchen“, daß sie sich darüber amüsieren konnte, von ihrer Badener Kollegin parodiert zu werden.

Im volkstümlichsten der Wiener Vorstadttheater, dem in der Leopoldstadt, war Andersen im allerletzten Moment, am 7. Juli 1834, dem Tag vor seiner Abreise. Es war kein ersprießlicher Abend. Er fand das Publikum „sehr gemischt, viele Griechen, Juden und zwei Griechinnen, gegeben wurde ein Melodrama nach dem Englischen: *Ein Uhr.* Der Schauplatz war Holstein, man sah wilde Berge, es gab Geister im Sturm, Traumgesichte, einen Triumphzug mit einem

Riesen und all seinen Gefangenen, alles mögliche Spektakel, ich ging schon beim Ende des zweiten Akts, das war mir mehr als genug."

Ein ganz anderes Erlebnis war der Abend im Theater an der Wien. Am 26. Juni hatte Andersen Gleichs Zauberspiel und „Besserungsstück" *Der Berggeist oder Die drei Wünsche* versäumt, weil sein Blut sich nach dem Tag bei den Sonnleithners in Hietzing „im Galopp" geregt hatte. Statt dessen ging er am 2. Juli in das damals von Direktor Carl geleitete Theater und fand es „schön und groß, vier Ränge, auf dem Vorhang sieht man den Dogenpalast in Venedig, es ist Karneval, der Platz ist voller Masken, man gab eine Posse: *Das Gespenst auf der Bastey,* Nestroy (wahrscheinlich der Verfasser von *Lumpazivagabundus*) spielte den Geist, der sehr humoristisch auf der Bastei spukt, den Damen die Schminke vom Gesicht wischt, zwei Dieben die gestohlenen Sachen wegnimmt und dann von den Soldaten aufgegriffen wird, obwohl er einen Paß hat, in dem steht, daß er ein Geist sei. Die Szene in der Geisterwelt, wo man die Ahnfrau, Hugo [aus der *Schuld* von Müllner] und mehrere andere sieht, war recht komisch. Überhaupt belustigte mich der leichte, phantasievolle Humor."

„Nestroy, wahrscheinlich der Verfasser von *Lumpazivagabundus*": Andersen, der den *Lumpazi* in München gesehen und auf der Reise nach Salzburg dann obendrein à la *Lumpazi* von einem Los geträumt hatte, erinnerte sich also an den für ihn fremdartig klingenden Namen. Leider schweigt das Tagebuch, in dem Schauspielerleistungen ja gelegentlich mit Noten bedacht sind, über Nestroys Spiel. Der Tobias Unglück, „bürgerlicher Geist auf der Mölkerbastei", wie in seinem Geisterpaß steht, war ursprünglich eine Glanzrolle für Raimund. Nestroy als schabernacktreibendes

Gespenst, von Kopf bis Fuß in spukhaftem Weiß, muß ebenfalls eindrucksvoll – und einprägsam – gewesen sein. Ganze sechzehn Jahre später ließ Andersen eine Gestalt in genau der gleichen Ausstaffierung durch eine seiner beiden Märchenkomödien, von denen noch die Rede sein wird, geistern.

Im Roman *Nur ein Geiger,* in dem so erstaunlich viel wienerisches Lokalkolorit untergebracht ist, hört Naomi nicht nur im Gesellschaftswagen nach Hietzing, wie „die ehrlichen Wiener" unter anderem übers Theater reden. In nächtlicher Stunde fährt sie mit einem „Linienwagen" (vom Dichter in einer Fußnote als bäuerlicher Plachenwagen erklärt) wieder stadtwärts, und auch in diesem Wagen unterhalten sich zwei fröhlich gestimmte „biedere Bürgerfamilien über Elfen und Feen, die die braven Wiener von den volkstümlichen Theatern gut kennen; sie zitierten Einfälle des Kasperl und Pumpernickel und plauschten von den drei Schustern, besonders von Ignaz, dem geliebten, lustigen Ignaz!"

Die Gebrüder Schuster sind in einer langen Fußnote ausführlich erklärt: „Drei Brüder, berühmte Komiker am Leopoldstädter Theater, den größten Namen hat jedoch der eine Bruder, Ignaz. Sie waren Anlaß zu dem Gelegenheitsstück ‚Die drei Schuster', mit folgender Rollenverteilung: Herr Anton Schuster, ein Schustermeister, Herr Anton Schuster; Herr Joseph Schuster, ein Schustermeister, Herr Joseph Schuster; Herr Ignaz Schuster, ein Schustermeister, Herr Ignaz Schuster." Andersen meint mit dem Stück „Die drei Schuster" Bäuerles Neujahrsposse *Das Jahr 1816,* in der die drei Schuster, von denen man annimmt, daß sie auch im wirklichen Leben Brüder waren, als Firma „Zu den drei lustigen Brüdern" auftraten. Die Posse wurde, wie man bei

Otto Rommel *(Die Alt-Wiener Volkskomödie)* lesen kann, mit jeweils geänderter Jahreszahl bis 1828 gespielt.

Das Thema „Theater für das Volk" – Andersen spricht, wörtlich übersetzend, von „Volkstheater" – ist im Roman nicht im Handumdrehen abgetan. Dabei ist zu bemerken, daß die Handlung in Wien um das Jahr 1820 spielt:

„Unsere Generation kennt nicht das komische Kleeblatt der Schuster, nicht die Glanzzeit des Leopoldstädter Theaters, aber wir können sie uns denken; sahen wir nicht die Muse Bäuerles, so kennen wir die Raimunds und Nestroys, und wir könnten ohne weiters mit den wackeren Wienern in den Linienwagen von der Feenwelt der volkstümlichen Theater plaudern – jener Feenwelt, in die sich die redlichen Bürgersleute naiv hineinträumen, wenn an einem Sommerabend die Lichter zwischen den Bäumen in Hietzing und Schönbrunn blinken.

In einem dieser neueren Stücke", heißt es weiter, „sieht man den Geisterkönig in seinem Bett sitzen, er läutet seinem Kammerdiener und fragt: ‚Was sind denn das für feuchte Wolken, mit denen man mir aufgebettet hat?' – ‚Heuer sind sie unmöglich trockener zu bekommen, auch bei der Polizei in Wien sind Klagen darüber eingereicht. Die Jahreszeiten laufen durcheinander, es ist nicht mehr wie in den guten alten Tagen.' – ‚Ruf mir die Jahreszeiten herein!' Diese kommen. Der Winter ist ein alter Mann mit einem Stock. Der König winkt ihn zu sich: ‚Was höre ich da? Du fängst ja auf deine alten Tage an, so richtig feucht zu werden! Das mußt du dir abgewöhnen! Ihr alle müßt eure Posten besser betreuen, sonst werdet ihr gekündigt, und zwar ohne Pension!' Die Jahreszeiten küssen dem König betreten die Hand und versprechen Besserung. In einem anderen Stück sieht man eine biedere Wiener Familie, die zu viele Ritterromane gelesen hat und die Ritterzeit nun für weit herrlicher als die unsere hält. Sie schlafen ein, und beim Erwachen sind sie in Rittertrachten gekleidet, in die ersehnte Ritterzeit zurückversetzt. Ein Raubritter läßt sich melden und hält um die Hand der Tochter an; sie sind höchst beglückt ob einer so romantischen Partie, doch bald bekommen sie die ganze Roheit jener Zeit zu fühlen. Sie müssen all unseren Komfort entbehren, ja sie werden zuletzt in das Burgverlies gesteckt, wo sie zum Hungertod verurteilt sind. Da wünschen sie sich wieder in unsere Zeit zurück, in der man *gebratene Händl* bekommt, nach Hietzing fährt und in der Vorstadt zur Komödie kommen kann. Geheilt führt sie der Zauber wieder in unsre bessere, erfreulichere Zeit.

Oh, wie sehr wünschte Naomi, daß jene Feenwelt, von der die braven Bürgersleute sprachen, in die Wirklichkeit eingreife! . . .“

So viel Platz spendiert Andersen in seinem Roman für Wiener Zauberpossen, die er auf der Bühne gar nicht gesehen hat. Der Geisterkönig, der sich über das feuchte Wolkenbettzeug beklagt und die Jahreszeiten abkanzelt, ist Longimanus in Raimunds *Der Diamant des Geisterkönigs*. Die für das Ritterwesen schwärmende Familie und die Geschichte ihrer Bekehrung stammt aus Nestroys *Die Zauberreise in die Ritterzeit oder Die Übermüthigen*, „Original-Zauberposse in drei Akten, mit einem Vorspiele Gegenwart und Vergangenheit“, am 20. Oktober 1832 im Theater an der Wien uraufgeführt. Der Beifall war ausnahmsweise nicht allzu brausend, obwohl Nestroy natürlich auch hier in eigener Person mitwirkte, als Simplicius Sapprawalt, einer der Ritternärrischen.

Die dänische Andersenforschung nimmt an, daß diese *Zauberreise* den Keim zum unbehaglichen Abenteuer des in die Vergangenheit zurückversetzten Justizrats in den *Galoschen des Glücks* – 1838 erschienen – bildet, jedoch bleibt eine Frage ungeklärt: Woher kannte Andersen den Inhalt der *Zauberreise?* Gesehen hat er das Stück nicht, und er kann es auch nicht gelesen haben, da es erst 1891 gedruckt wurde. Man vermutet daher, er habe es erzählt bekommen. In Wien?

Ganz anders verhält es sich mit dem *Diamant des Geisterkönigs.* Raimunds Sämtliche Werke erschienen 1837, im Jahr nach seinem Selbstmord. Mehrere Exemplare verirrten sich nach Kopenhagen. Andersen, überaus viel- und schnell-lesend, muß die acht Zauberpossen bzw. -märchen noch im Erscheinungsjahr gelesen haben – just um den Zeitpunkt herum, als er am *Geiger* arbeitete und sich entschloß, einen wesentlichen Teil der Handlung mit Naomi und Ladislaus nach Wien „flattern" zu lassen.

Raimund war aber für ihn nicht damit abgetan, daß er die Szene mit dem Geisterkönig in seinem Roman verwendete. In einem Brief mit vielen anderen Neuigkeiten schreibt er im September 1837 an Jette Hanck in Odense, daß der Schauspieler Thomas Overskou im Begriff sei, das Stück *Der Alpenkönig und der Menschenfeind* zu übersetzen. Im März 1838 erzählt er ihr, daß er nun selber „Raimunds berühmte Volkskomödie *Der Verschwender*" übersetze, und zwei Monate später kann er mitteilen: „Vorgestern wurde ich mit der Bearbeitung von Raimunds *Verschwender* fertig, es ist ein schönes, poetisches Stück." Er rechnete ganz sicher damit, daß das Königliche Theater – damals gab es kein anderes im „inneren" Kopenhagen – seine Übersetzung zumindest für die privaten Sommervorstellungen der Schauspieler annehmen würde. Aber er hatte die Rechnung ohne den Zensor gemacht. In Dänemark gab es zwar keine Institution, die den Schriftstellern das Leben so sauer machte wie die k. k. Hofzensurstelle in Wien, aber es gab den Sprach- und Literaturforscher Christian Molbech, einen ziemlich beckmesserischen Formalisten und Tüftler, der in jenen Jahren der Direktion des Königlichen Theaters angehörte und von Andersen als sein persönlicher Widersacher Nr. 1 betrachtet wurde.

Molbech äußerte über den *Verschwender*, es sei „für einen einigermaßen gebildeten Geschmack peinlich, ein Stück wie dieses durchlesen zu müssen", auch wenn ihm „eine gewisse natürliche Gutmütigkeit und Achtung vor der moralischen Würde" nicht abgesprochen werden könne. Es schien ihm undenkbar, es in den festen Spielplan aufzunehmen: „Ein Theater, das in bezug auf Kunstkultur und dramatischen Geschmack auf dem Niveau des Königlichen Theaters steht, kann sich nicht . . . von Schaubudenstücken dieser Art überschwemmen lassen." Das kommt uns sehr töricht vor, aber es sei daran erinnert, daß es auch in Wien lange dauerte, bis Raimund und Nestroy hoftheaterfähig wurden.

Der von Overskou übersetzte *Alpenkönig* wurde – als „Sommervorstellung" – zweimal aufgeführt und dann nie mehr wiedergesehen. Die Kopenhagener Zeitungen schwiegen ihn tot, die Schauspieler waren folglich an keinem weiteren Experiment mit einem Raimundstück interessiert. Nichtsdestoweniger, und trotz Molbech, brach Andersen noch eine Lanze für den *Verschwender.* Das Stück wurde nun zur Beurteilung dem Dichter und Literaturkritiker Johan Ludvig Heiberg übersandt. Heiberg, der elf Jahre später der – alleinige – Direktor des Königlichen Theaters werden sollte, war Autor der vielgespielten „Heibergschen" Vaudevilles, Herausgeber eines Blattes, das viel Verständnis für die ersten Arbeiten des jungen Andersen aufgebracht hatte, und galt in den liberal-großbürgerlichen Kreisen der Hauptstadt – zu denen die Collins gehörten – als eine Art Arbiter elegantiarum in ästhetischen Dingen. Außerdem, und nicht zuletzt, war er der Ehemann der bedeutendsten Schauspielerin des dänischen Theaters, Johanne Luise Heiberg, geborene Pätges. Ihr hatte Andersen die Rolle der Fee Cheristane zugedacht. Obzwar sie die Fee nicht spielte, widmete er ihr das Märchenheft des folgenden Jahres, 1839, mit einem Feen-Vierzeiler:

> Da hieß es stets: Es gibt ja keine Feen,
> und nur das Märchen ist der Feen Reich.
> Du kamst – und jedes Herze weiß sogleich,
> Daß Fee und Wirklichkeit zusammengehen.

Frau Heiberg war außerstande, die Cheristane zu spielen, weil auch Heiberg davon abriet, den *Verschwender* in den Spielplan des Königlichen Theaters aufzunehmen, es sei denn für Sonntagsvorstellungen, „da ein Sonntagspublikum in seinen Ansprüchen weniger wählerisch ist und weniger Respekt vor der Würde des Königlichen Theaters hat".

Es war eine bittere Pille für Andersen, als die Direktion den *Verschwender* endgültig ablehnte. Sie war nur dadurch etwas schmackhafter gemacht, daß Heiberg in seinem Gutachten erklärte, der Dialog des Stückes habe durch die Übersetzung gewonnen, was Andersen in seiner Korrespondenz begreiflicherweise nicht verschwieg. Er ließ die Übersetzung jedoch niemals drucken. Ein vollständiges Kopistenmanuskript, mit Andersens eigenhändigen Vorschlägen für die Besetzung, existiert in der Königlichen Bibliothek zu Kopenhagen. Es zeigt, daß Andersen sich im allgemeinen recht genau an Raimunds Text gehalten hat. Seine besondere Gabe war jedoch, möglichst so zu schreiben, wie man spricht – kein dänischer Dichter, der nach ihm kam, blieb davon unbeeinflußt. Er legte Personen, die für unser heutiges Ohr reichlich „gehoben" sprechen, wie Flottwell und Cheristane, natürlich klingende Worte in den Mund, aber da ihm der Dialekt – das Wienerische verschiedenen Grades – als Nuancierungsinstrument fehlte, verwischt sich die Grenze zwischen Feenwelt und Tischlerwerkstatt, zwischen, sozusagen, erstem Stock und ebener Erde.

Wüßten wir nicht ohnedies, daß Andersen den *Verschwender* nicht gesehen hatte, als er die Übersetzung in Angriff nahm, so würde es klar aus dem Manuskript hervorgehen. Für die zu singenden Stellen und die Couplets sind darin nämlich Melodien verschiedenster Herkunft, von Opernarien bis zu Volksliedern, vorgeschlagen. Man befand sich in der „musikalischen Greuelperiode der Vaudevilles", wie ein Andersenforscher es ausgedrückt hat, aber im Falle *Verschwender* hätte Andersen doch schwerlich ein solches Sakrileg begangen, wenn er die Musik Konradin Kreutzers gekannt und das Herzstück, das Hobellied, mit der einzig „richtigen" Melodie gehört hätte. Inhaltlich läßt sich nichts gegen die Übersetzung einwenden, zumal der Zauber von Zeilen wie „am End weiß keiner nix" oder „und zupft mich: Brüderl, kumm!" wirklich unübersetzbar ist. Aber mit der Kreutzerschen Musik im Ohr wäre Andersen bestimmt nie auf die Idee verfallen, hier die Jamben Raimunds durch Trochäen zu ersetzen und als Melodie eine Romanze des inzwischen weitgehend vergessenen schwedischen Komponisten Johan Erik Nordblom vorzuschlagen.

Im Jahre 1848, in Dänemark ohne Revolution, bekam Kopenhagen endlich ein volkstümliches Theater für die leichtere Muse, nicht in der Vorstadt, sondern mitten in der Stadt: das Casino. Gegründet wurde es von Georg Carstensen, einem Tausendsassa, der den Kopenhagnern fünf Jahre zuvor mit dem Tivoli einen Vergnügungspark sui generis, ebenfalls im Herzen der Stadt, verschafft hatte. Das Casinotheater wurde am 26. Dezember mit einem Nestroystück eröffnet, dem *Talisman.* Hier war also auch eine Bühne für Raimund.

Andersen hatte Raimund nicht vergessen. Was ihn ansprach, war das unbeirrbar Moralische und Gute, vor allem aber die besondere Raimundsche Mischung von Phantasie und Realismus, untermischt mit gutmütigem Humor (er selbst konnte schärfer sein als Raimund). Inzwischen hatte er in Berlin *Das Mädchen aus der Feenwelt* gesehen, es aber langweilig gefunden. Auch bei Aufführungen in anderen deutschen Städten und unter dem zweiten Titel *Der Bauer als Millionär* gefiel ihm das Stück nicht („alle diese Allegorien kindisch", „schwacher Dialog", „fühlte mich leer dabei"). Dieses Zaubermärchen kam also nicht in Betracht. Er griff auch nicht auf seine alte Übersetzung des *Verschwenders* zurück, dessen sich andere bemächtigten, wohl aber erinnerte er sich an den *Diamant des Geisterkönigs,* der ihm schon bei der Lokalisierung von *Nur ein Geiger* gefallen hatte.

Also schrieb er im Frühjahr 1849 eine Märchenkomödie in vier Akten, die er *Meer end Perler og Guld,* „Mehr als Perlen und Gold", nannte und als „freie Bearbeitung nach F. Raimund und Tausend und einer Nacht" bezeichnete. Es war eine zum Teil nicht einmal sehr freie Bearbeitung des *Diamant des Geisterkönigs.* Die Rollenlisten sind in beiden Stücken weitgehend identisch. Longimanus trägt bei Andersen zwar nicht diesen Namen, sondern wird nur als „Geisterkönig“ identifiziert, beklagt sich aber wie bei Raimund über das nasse Wolkenbettzeug und hat den lustigen Auftritt mit den Jahreszeiten. Da er im Gegensatz zu seinem österreichischen Vorbild sich nicht das Wienerische angewöhnt hat, ist er geneigt, öfter in Verse auszubrechen. Der Zephises ist unter eben diesem Namen vorhanden, freilich ohne sein – reimtechnisch im Dänischen unmögliches – geflügeltes Wort: „Ich bin dein Vater Zephises und habe dir nichts zu sagen als dieses.“ Da man ihn im Verdacht haben muß, daß er diesen Orakelspruch wie das auf einem Kiesel inmitten Bachgeriesel sitzende Wiesel bei Morgenstern „um des Reimes willen“ und aus keinem rationalen Grund tut, macht es nichts, daß er sich bei Andersen an der betreffenden Stelle mit Donnern begnügt, was ja auch eine Art Antwort ist. Sein Sohn Eduard heißt Elimar, vielleicht weil es „arabisch“ klingt, vielleicht weil Andersen seinen Freund Edvard Collin, den er fälschlich immer Eduard schrieb, nicht auf die Bühne bringen wollte, wogegen das zu gewinnende Mädchen, die „Engländerin“, bei Raimund eine poetische Amine, zu einer prosaischen Anna geworden ist. Der Florian Waschblau heißt im Dänischen Henrik – seit Vater Holberg der klassische Dienername –, und seine Mariandel, Köchin, ist eine schlichte Grethe. Die irdischen Szenen sind amüsant kopenhagnerisch lokalisiert und aktualisiert. Der kleine Genius Kolibri ist passenderweise durch einen „Nisse“ ersetzt, die speziell dänische Abart des Wichtels, mit gewissen heinzelmännlichen Funktionen.

Die Erstaufführung im Casinotheater war am 3. Oktober 1849. Einen Monat später schrieb Andersen an seinen Leipziger Verleger Carl B. Lorck, einen gebürtigen Dänen: „Ich wünschte das meine dazu beizutragen, daß das Casino ein Theater für das Volk wird, daß Leute aus allen Klassen dorthin kommen, und mit *Perlen und Gold* habe ich zumindest dazu beigetragen. Alle Diplomaten, russische, englische etc., sind ebenso dort gewesen wie Schneider und Schuster; für 2 Mark kann der Unbegüterte sich einen Abend amüsieren, und es ist ganz angenehm, dazu beizutragen."

„Mehr als Perlen und Gold", dessen Titel natürlich zu ergänzen ist mit: „ist das geliebte Mädchen wert", wurde Andersens größter Bühnenerfolg.

Noch im gleichen Jahr begann er die Arbeit an einer neuen Märchenkomödie, wie sein eigenes Märchen vom Sandmännchen *Ole Luköie* betitelt. Das Stück ist ganz in Kopenhagen „in diesen Tagen" lokalisiert und hat als Hauptperson einen Rauchfangkehrergesellen, Christian, der in einer bewegten und teilweise beklemmenden Traumhandlung die Erfüllung des Wunsches nach Reichtum erlebt. Beim Aufwachen weiß er, daß Geld nicht genügt, um glücklich zu sein, und zusammen mit seiner Herzliebsten Marie und seiner alten Großmutter singt er als Vorhangfall-Erkenntnis die Moral von der Geschicht:

Genügsamkeit
schenkt Herzensfrieden
uns hienieden.
Ist der gegeben,
so ist das Leben
Glückseligkeit.

Das hat einen gewissen Anklang an die Erkenntnis eines anderen aufwachenden Helden, der des Rustan in Grillparzers *Der Traum, ein Leben,* daß „eines nur ist Glück hienieden, eins: des Innern stiller Frieden und die schuldbefreite Brust!", auch wenn der Rauchfangkehrergesell im Gegensatz zu Rustan nicht von der gefährlichen „Größe“ träumt, sondern, kindischer und kindlicher, von zehn Portionen seiner Lieblingsspeise und einer Menge Geld.

Mit der Erfüllung der ersten beiden törichten Wünsche und des lebensrettenden dritten ist eine seltsame Gestalt befaßt, die in der Rollenliste als „verstorbener Tagedieb“ bezeichnet ist und spukhafterweise in der Kopenhagener Östergade wandelt, was etwa der Kärntnerstraße oder dem Graben entspricht. Der verstorbene Tagedieb, zum „Nachtdieb“ geworden, ist ganz in Weiß gekleidet, sogar mit weißem Stock und weißer Zigarre, und kann einen Aufenthaltsschein und einen Geisterpaß vorweisen. Das Gespenst auf der Bastei in Nestroys hagerer Gestalt war unvergessen.

DONAU MIT KLAVIERBEGLEITUNG

Schon zu Beginn der zweiten großen Reise seines Lebens, aus der *Eines Dichters Basar* geboren wurde, hatte Andersen zwei eindrucksvolle Erlebnisse. In Hamburg hörte und sah er Franz Liszt: „Etwas so Spinnenartiges, so Dämonisches war an ihm . . . er kam mir vor wie ein Teufel, der seine Seele freispielen muß." (Tagebuch.) Und zwischen Magdeburg und Halle erprobte er, was „fliegen" ist – er fuhr zum erstenmal mit der Eisenbahn: „Jetzt habe ich eine Vorstellung davon, daß die Erde sich dreht, ganz in der Nähe bewegten sich Wiesen und Äcker wie ein schnurrendes Spinnrad, nur die fernsten Gegenstände schienen ihre gewöhnliche Ruhe zu bewahren." Obendrein sah er in Augsburg eine Sammlung Daguerreotypien, „Daguerreotypien und Eisenbahn, diese beiden neuen Blüten des Zeitalters waren schon eine Ausbeute der Reise für mich". *(Das Märchen meines Lebens.)*

Über den Brenner konnte er freilich auch diesmal noch nicht „fliegen". In der Nacht auf den 4. Dezember 1840 logierte er, von München kommend, in der „Sonne" in Innsbruck. Tagebuch: „Als ich heute früh auf den Hofbalkon trat, glaubte ich dicht vor mir besonnte Wolken zu sehen, aber es waren die schneebedeckten Berge . . . Ein wunderbarer Anblick." Die Diligence in Richtung Italien verließ Innsbruck um fünf Uhr nachmittags. „Es ging sofort bergauf. Der Abend war so mondhell, die Luft so rein. Die beschneiten Berge sahen aus wie leuchtende silberne Wolken. Wir fuhren an den tiefen Abgründen entlang, die im Mondlicht tiefer aussahen, als sie waren. Bisweilen wurde ein hellfunkelnder Stern dicht an einem Gipfel sichtbar, es sah dann ganz so aus, als brennte dort oben ein Feuer . . . In Steinach aßen wir Freitagskost – Eiersuppe, Eier, Forellen und Kuchen. Hier bekamen wir etwas Stroh in den Wagen. Ich hatte zwei Gehröcke und einen Mantel an, kam mir aber sommerlich gekleidet vor. Es war windstill, und dennoch froren die Kutschenfenster völlig zu. Um zwölf Uhr [Mitternacht] kamen wir zum höchsten Punkt, dem Brenner. Ich las mein Gebet und bat Gott um Wahrheit, gute Ideen und Glück!"

Der Winter 1840/41 war sehr regnerisch in Rom. Andersen fror und war vielleicht deshalb noch mehr als sonst von Zahnweh geplagt; Italien verlor etwas vom Glorienschein des ersten Besuchs für ihn. Im März 1841 schiffte er sich in Neapel nach Griechenland ein. Was er dort sah und erlebte, ist im *Basar* geschildert und gehört nicht hierher, doch betrat er in Athen schon wieder, was nach den Regeln des Völkerrechts österreichischer Boden war: Er war mehrmals Gast in der Residenz des k. k. Gesandten beim Athener Hof.

Österreichs Gesandter in Griechenland war seit 1834 Anton Prokesch von Osten, von dem Andersen schrieb, er würde ihn „nie vergessen". Prokesch, der blendend aussah – ein Porträt von Kriehuber dokumentiert es –, muß viel Charme gehabt haben. Es war kein Zufall, daß der Herzog von Reichstadt in ihm sozusagen auf den ersten Blick *den* Freund seines Lebens erkannte – das für den „jungen Aar" dann freilich nur noch zwei Jahre währte.

Andersen wurde durch einen Archäologieprofessor in griechischen Diensten, den Holsteiner Ludwig Roß, bei

Prokesch eingeführt. Tagebuch, Athen, 12. April 1841: „Mit Roß um 7 Uhr zum Essen beim österreichischen Gesandten Prokrisch, der als Schriftsteller berühmt ist; er wohnte sehr herrschaftlich. Seine Frau freundlich und natürlich . . . Procrisch las Chamissos Übersetzung von meinen fünf Gedichten vor; er las gut . . . Wir sprachen von Kunst und Poesie." Andersens Varianten in der Schreibung von Namen seien hier ausnahmsweise übernommen.

Die freundliche Frau des Gesandten ist keine Unbekannte in Österreichs Musikgeschichte. Irene Prokesch Osten war eine Tochter des Musikforschers Georg Raphael Kiesewetter, und im Hause ihres Vaters hatte sie öfters Schubert begleitet, wenn dieser „seine neu componirten Lieder mit schwacher Stimme sang". Er hat ihr – in seinem Todesjahr – eine „Kantate zur Genesung des Fräulein Irene von Kiesewetter" gewidmet.

Bei Andersens zweitem Besuch in der Gesandtenvilla, am 18. April, las Prokesch eigene Gedichte „aus Asien und Afrika vor; sie waren höchst malerisch". Andersen selbst „erzählte Märchen", wie es im Tagebuch heißt. Im allgemeinen pflegt er das Wort „vorlesen" zu gebrauchen. Wie es wirkte, wenn er *erzählte,* namentlich in der Gegenwart von Kindern, hat sein Freund Edvard Collin geschildert: „Der Redestrom floß ununterbrochen, reichlich untermischt mit Redensarten, wie sie die Kinder kannten, und von passenden Gebärden begleitet. Auch dem trockensten Satz verlieh er Leben. Er sagte nicht: ‚Die Kinder setzten sich in den Wagen und fuhren los', sondern: ‚Dann setzten sie sich in den Wagen, adieu Vati, adieu Mutti, die Peitsche knallte, wisch, wusch, und weg waren sie, hü! wirst du laufen!'" Über das Handikap, mit einem – sicher starken – Akzent in einer fremden Sprache vorzu*lesen,* sagte Andersen im *Märchen* *meines Lebens:* „Die fremdartige Aussprache ist beim Vorlesen eines Märchens am ehesten zulässig, da das Fremdartige an das Kindliche grenzt, das der Lesung ein für diese Dichtungsart natürliches Kolorit gibt."

Ob mit Vorlesen oder Erzählen, auf jeden Fall hinterließ Andersen einen nachhaltigen Eindruck im Salon des österreichischen Gesandten in Athen. Kurz vor der Abfahrt des Schiffes, das ihn von Piräus nach Konstantinopel führen sollte, wurde ihm ein Brief von Irene Prokesch Osten überbracht, in dem es heißt: „Möchten Sie noch viele Kindermährchen schreiben, und alle bald – und möglichst treu u. kindlich – in unsre deutsche Sprache übertragen werden!"

Prokesch von Osten selber schrieb im August 1842 nach Kopenhagen:

„Wenn die Erinnerung Sie manchmal, verehrter Herr, auf die Grabstätte der alten Minervenstadt führt, so mag sie auch das Bild einer Familie in Ihnen erneuern, die Sie eines Abends durch ein Gericht der süßesten Mährchen erfreuten u. die Ihnen zu wohl will, um ganz in Ihrem Gedächtnisse erloschen zu seyn. Diese Familie sitzt unter dem Schatten der Bäume . . . am Abhange des Penthelikons, der Gluth u. dem Staube der Stadt entflohen, und in ihren Mußestunden lieset sie, was die Sänger jenseits der Alpen singen. So las sie auch Ihren *Improvisator.*" Nach anderthalb Seiten einer einfühlenden „Rezension" des Romans schließt der Brief: „Ich wollte Ihnen eigentlich nur danken und Ihnen dadurch eine kleine Freude machen – es ist der Pfenning der Wittwe! Meine Frau grüßt Sie; meine Kinder gedeihen." Und als Nachschrift wird angekündigt: „Wir gehen jetzt an den Geiger [heran]."

Andersen stattete den Dank seinerseits in *Eines Dichters Basar* ab. Er widmete den Abschnitt Griechenland dem

„Gelehrten, Dichter und berühmten Reisenden Prokesch-Osten, österreichischer Gesandter in Griechenland", und dem Professor Roß. Außerdem ist ein ganzes Kapitel mit „Prokesch-Osten" überschrieben. Es schildert alle Facetten in der ebenso bunten wie glänzenden Karriere des „kräftigen, schönen Mannes mit den dunklen, seelenvollen Augen": Prokesch als Offizier, als diplomatischer Verhandler, als Orientreisender und als Schriftsteller. Seltsamerweise wird seine innige Freundschaft mit dem Herzog von Reichstadt, die den Napoleonschwärmer Andersen hätte interessieren müssen, mit keinem Wort angedeutet. Nicht verschwiegen bleibt, daß der „ausgezeichnete Vorleser" seinen Gästen Andersens Gedichte vortrug, und dafür zitiert Andersen aus seinem Stammbuch alle drei Strophen von Prokeschs effektvoller Ballade *Im Idagebirge.* Zuletzt wendet er sich direkt an das Ehepaar: „Er und seine Gattin scheinen meine Märchen besonders zu lieben – sie baten mich, bald mehr zu schreiben! Wenn diese Blätter ihnen einmal vor Augen kommen, mögen sie ihnen erzählen, daß die Stunden bei ihnen im Märchen meines eigenen Lebens eines der Kapitel sind, die ich am interessantesten finde, nur war es allzu kurz."
Prokesch hatte Andersen einen Empfehlungsbrief an seinen Kollegen in Konstantinopel mitgegeben, den Grafen Bartholomäus Stürmer, der Gesandter – mit dem Titel Internuntius – bei der Hohen Pforte war. Der Dichter fand infolgedessen auch im Hause dieses österreichischen Diplomaten eine so freundliche Aufnahme, „daß Sie sich davon keinen Begriff machen können", wie er nach Kopenhagen berichtete. Auch Stürmers Frau, eine Französin, war „höchst liebenswürdig". Natürlich trat er in ihrem Salon ebenfalls als Märchenerzähler auf: „*Das Gänseblümchen* und *Des Kaisers*

neue Kleider gefallen sehr; ich habe sie auf deutsch erzählt, Sie sehen also, ich habe Courage. Ansonsten muß ich italienisch und französisch sprechen, und das geschieht mit großem Mut."

Andersen trug sich seit längerer Zeit mit dem zunächst vagen Gedanken, die erste Etappe seiner Rückreise, bis Wien, auf der Donau zurückzulegen. In diesem Plan wurde er nun bei einem Abendessen in der Gesandtschaft bestärkt. Tagebuch, 26. April: „Um halb zwölf wurde ich mit einer Laterne nach Hause begleitet. Man brachte mir eine angenehme Vorstellung von der Donaufahrt bei. Ein Engländer soll eine Pestbeule in Spiritus von hier mitgenommen haben, die Einfuhr nach Österreich wurde verboten. Sinnlich gestimmt." (Eine Woche später schreibt er: „Eine asiatische Sinnlichkeit quält mich hier; oh, wie ich vor Sehnsucht brenne!")

Die „angenehme Vorstellung von der Donaufahrt" war während seines restlichen Aufenthalts Anlaß zu qualvollen Erwägungen. Er hatte die größte Lust, von der Donaumündung mit dem Schiff bis nach Wien zu fahren, aber Konstantinopel schwirrte von Gerüchten über Aufruhr „in ganz Rumelien, die Christen werden auf das schrecklichste ermordet". So schrieb er an seine mütterliche Freundin, Frau Lässöe. Andersen wußte, daß sein „Mutorgan", wie er es nannte, nicht sehr entwickelt war. „Ich bekenne, daß ich eine sehr furchtsame oder, besser gesagt, ängstliche Natur bin; aber gerade daß ich dann tue, was ich soll und muß, ist doch mehr respektabel, nicht wahr?" So heißt es in demselben Brief, noch aus Konstantinopel. Viele Jahre später drückte er es so aus: „Ich bin eine der Naturen, die vor einer Kuh oder einem kläffenden Hund Angst haben, doch wenn es Ernst ist, tun, was getan werden muß."

Die meisten warnten vor der Donaureise. Stürmer, von Andersen nach einer „schweren, schlaflosen Nacht“ um Rat befragt, meinte, er könne es wagen. Zwei österreichische Offiziere, die Andersen in den Salons der Gesandtschaft kennengelernt hatte, würden mit dem gleichen Schiff fahren und, da sie als Ad-hoc-Kuriere die Depeschen des Gesandten nach Wien mitnahmen, nötigenfalls Beistand anfordern können. Es waren dies Oberstleutnant Nikolaus Philippovich von Philippsberg und Major Karl Trattner von Petrocza; beide brachten es noch zum Feldmarschalleutnant.

Mit dem gefaßten Beschluß war Andersen seine Angst alsbald los. Da er sein Leben lang ein Datumfetischist war, sah er etwas Providentielles darin, daß der Dampfer „Ferdinando Primo“, der ihn durch den Bosporus und über das Schwarze Meer zur Donau brachte, Konstantinopel am 5. Mai, einem bedeutungsvollen Tag, verließ: Er machte sich selbst – im Tagebuch – und mehrere seiner Korrespondenten darauf aufmerksam, daß es der Todestag Napoleons war.

Am 7. Mai sagte er dem Schwarzen Meer und dem „Orient“ Adieu. In Cernavoda wurde die Flußfahrt mit dem Donaudampfer „Argo“ angetreten. Nichts passierte auf der Reise, die zum Teil recht unbequem war und vor allem zu lang dauerte. Andersen schrieb aus Wien (wieder an Frau Lässöe): „Auf der Donau von Wien nach Konstantinopel zu fahren, würde ich jedem anraten . . . aber ich kenne nichts Stumpfsinnigeres, als auf diesem Weg von Konstantinopel nach Wien zu reisen. Es dauert einschließlich der Quarantäne [in Orsowa] dreißig Tage. Nun stellen Sie sich vor, dreißig Tage lang Ufer zu sehen, die fast immer gleich sind – fast immer, als führe man zwischen Spargelsprossen . . ." Mit einem anderen Gemüsebild spricht er im Tagebuch von dem „ewigen grünen Petersil" an den Ufern. Die „Maria Anna", in die Andersen in Budapest eingestiegen war, legte am 4. Juni im Prater an. Für die ersten zwei Tage quartierte er sich diesmal im „König von Ungarn" in der Schulerstraße ein, dann bezog er ein möbliertes Zimmer in der Rauhensteingasse Nr. 935, bei einem Parfumeur, der ein „Drey Alliierten-Wasser" erfunden hatte.

Wien war für ihn nicht mehr neu, und gegen den eben erlebten „orientalischen" Hintergrund wirkte die Stadt fast zu vertraut, zu ähnlich der Heimat. Aber Andersen war diesmal in einer ganz anderen Gemütsverfassung als das erstemal. 1834 war im Zeichen der Malaise gestanden, weil er sich unglücklich und – vor allem – unsicher gefühlt hatte. Jetzt gab er sich eher der gesünderen Emotion des Ärgers hin, wenn ihm einfiel, daß manche Leute in der Heimat ihn nicht so sahen, wie er sich selber sah. Er hatte auf dieser Reise zwei wichtige Dinge gelernt. Er hatte erlebt, daß einzelne seiner Märchen auch Menschen bezauberten, die sie nicht einmal in der bestmöglichen Form kennenlernten, weil die Märchen entweder nicht adäquat übersetzt waren oder mit sprachlichem Handikap vorgetragen wurden – wobei nicht zu vergessen ist, daß eine Anzahl der wichtigsten Märchen noch gar nicht geschrieben war. Nicht *Die Nachtigall, Das häßliche Entlein* und *Die Schneekönigin,* nicht *Der Buchweizen* und *Der Tannenbaum,* nicht *Der Kragen* und *Die glückliche Familie,* nicht *Die Geschichte einer Mutter* und *Der Schatten.* Zweitens hatte Andersen erfahren, daß er nach wie vor die Gabe besaß, Menschen zu faszinieren und als Freunde zu gewinnen. Damit fuhr er in Wien fort. Und diesmal kam er in ganz und gar wienerische Wiener Familien.

Sein Reisegefährte, Oberstleutnant Philippovich, führte ihn am 9. Juni „nach Döbling zum Bibliothekar Gevay, der einen brillanten Garten hat, meine Märchen kannte und über meinen Besuch sehr erfreut schien, ich wurde für morgen und dann noch Montag zum Essen um $^{1}/_{2}3$ eingeladen".

Anton Gevay mit dem „brillanten" Garten in Döbling wurde gerade im Jahr 1841 Archivar im k. k. Geheimen Haus-, Hof- und Staatsarchiv. Er muß ein sehr gastfreies Haus geführt haben, denn in den knapp drei Wochen, die Andersen sich diesmal in Wien aufhielt, war er viermal in Döbling draußen. Zu den Künstlern, die er dort kennenlernte, gehörte der Komponist Benedikt Randhartinger, der auf seine älteren Tage äußerte, er habe sich immer über Schuberts Talent gefreut, aber bedauert, daß er – Schubert! – bis zuletzt ein „Dilettant" geblieben sei. Am 14. Juni schrieb Randhartinger „zur freundlichen Erinnerung an Döbling" ein paar Takte von einem seiner Lieder, in D-Dur, in das Stammbuch Andersens: „A Bua, der in da Fremd wo is, griagt bei der Zidarn s'Hoamweh gwiß", lautet der Text. (Zidarn = Zither.)

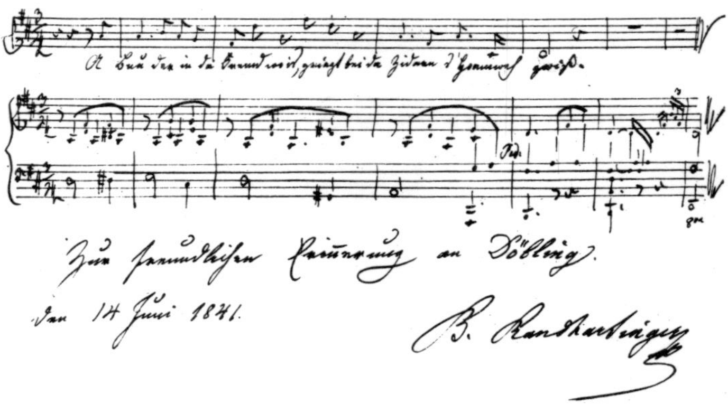

Benedikt Randhartinger

Weit wichtiger war die Bekanntschaft mit dem jungen Alexander Baumann, der dichtete – auch er großenteils in Dialekt –, auf der Zither spielte und vor allem ein liebenswürdiger Gesellschafter gewesen zu sein scheint. „Ein Geselligkeitsvirtuos", sagte Castelli von ihm. Alle mochten Baumann, auch Andersen, und das war gegenseitig. „Er hielt sich wirklich mit Liebe zu mir", schrieb Andersen in sein Tagebuch. Mehrmals aßen sie zusammen zu Mittag, entweder im „Casino" oder im „Goldenen Jägerhorn", beide Lokale in der Spiegelgasse. Baumann führte Andersen auch mit seinem guten Freund Bauernfeld zusammen, was zunächst kein Erfolg war. „Irgendwie wirkte er fremd auf mich", notierte Andersen. Als aber Bauernfeld ihn an einem regnerischen Sonntag, dem 20. Juni, aufsuchte, ihm zwei seiner Lustspiele schenkte und sich erbötig machte, sich der Stücke Andersens für das Wiener Theater anzunehmen,

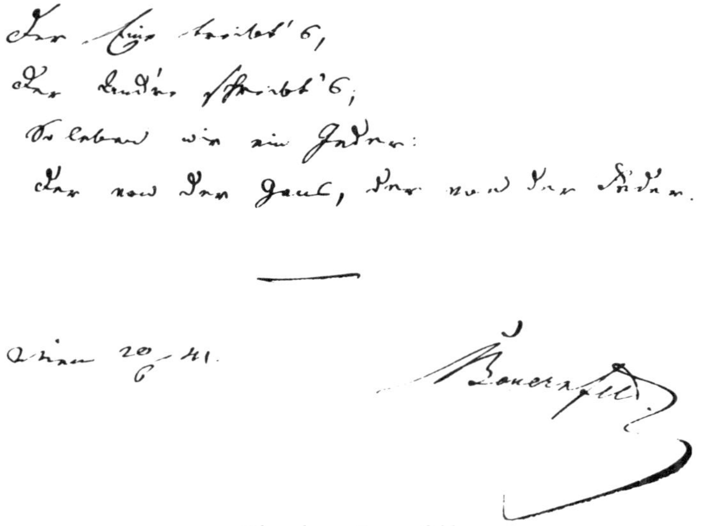

Eduard von Bauernfeld

wirkte er „sehr natürlich und liebenswürdig“. Bauernfeld verewigte sich bei der Gelegenheit gleich in Andersens Stammbuch:

„Der Eine treibt’s,
Der And’re schreibt’s;
So leben wir ein Jeder:
Der von der Gans, der von der Feder.“

Diese „launigen Zeilen “ stehen im *Märchen meines Lebens*, hingegen nicht, was Alexander Baumann am selben Tag eintrug:

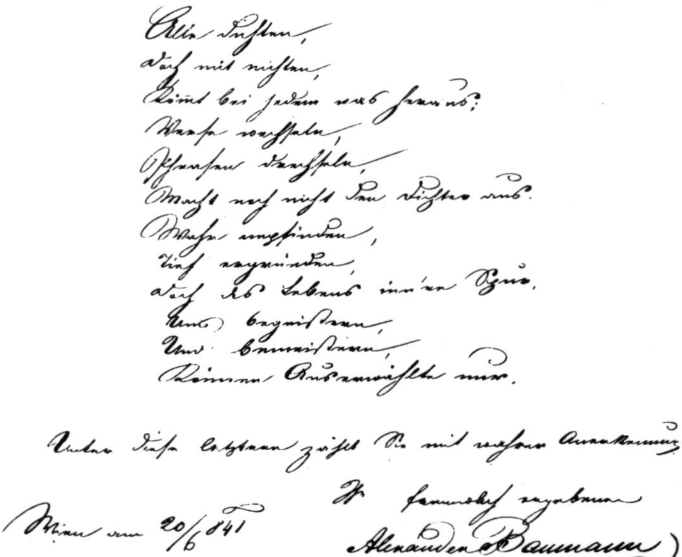

Alexander Baumann

„Alle dichten,
Doch mit nichten
Kömmt bei Jedem was heraus;
Verse wechseln,
Phrasen drechseln,
Macht noch nicht den Dichter aus.
Wahr empfinden,
Tief ergründen
Doch des Lebens inn're Spur,
Uns begeistern
Und bemeistern
Können Auserwählte nur.
Unter diese zählt Sie mit wahrer Anerkennung Ihr . . ."

Außer seinen alten Bekannten, Grillparzer und Frau von Weißenthurn – Castelli war nicht in Wien –, besuchte Andersen den Wirklichen Hofrat in der Geheimen Haus-, Hof- und Staatskanzlei Baron Joseph von Huszar, einen Schwager des Gesandten Stürmer, der „sehr liebenswürdig" war und ihn zu sich nach Haus einladen wollte. Gevay ging mit ihm in die Hofbibliothek, die Andersen noch nicht kannte und die ihm vorkam „wie eine italienische Kirche, mit Fresken in der Kuppel". Hier wurde er mit dem Bibliothekar Ferdinand Wolf bekannt gemacht, „der Mann war von meinen Märchen begeistert. Mein künstlicher Zahn ist locker, das betrübt mich." So steht es im Tagebuch für den 11. Juni. An diesem Tag bezahlte Andersen auch eine Schneiderrechnung, war bei Grillparzer, sagte im Volksgarten dem Theseus des Canova guten Tag – am Vortag hatte er in der „Kapuzinerkirche", das heißt der Augustinerkirche, sein Lieblingsdenkmal in Wien, das Grabmal für Maria Christina, wiedergesehen –, hörte, ebenfalls im Volksgarten, Johann Strauß Vater an der Spitze seines Orchesters und ging abends zur *Lucia di Lammermoor* in das Kärntnertortheater.

Pech hatte er eigentlich nur mit Bäuerle. Als den Herausgeber der „Wiener Allgemeinen Theaterzeitung", die seit 1806 erschien und auch in Kopenhagen gelesen wurde, hätte er ihn gern kennengelernt, erwischte ihn aber nie in der Redaktion, die nur ein paar Schritt von seinem Logis lag, nämlich in der Rauhensteingasse Nr. 926. Bäuerle ließ ihn sogar einmal aufsitzen. Sie waren im „Casino" verabredet, wo Andersen mit dem jungen Baumann zu Mittag aß, aber „Bäuerle kam also nicht" (Tagebuch, 21. Juni). Seltsamerweise fand der unverläßliche Bäuerle es aber der Mühe wert, einen Zettel aufzuheben, den Andersen offenbar am nächsten Tag im Vorbeigehen in der Redaktion abgab. Unter den ganz wenigen Andersen-Autographen, die sich in der Handschriftensammlung der Österreichischen Nationalbibliothek finden, ist nämlich ein Zettel ohne Datum, Anschrift oder Anrede, aber mit Andersens unverkennbarer Handschrift. Die Mitteilung lautet, buchstabengetreu: „Sie hatt mir gestern vergessen. Ich war in Casino."

Sie hatt mir gestern vergessen! ich war in Casino.
H. C. Andersen.

Die Nationalbibliothek besitzt auch einen Brief von Andersen an Baumann, adressiert an den „Verfasser von: Die beyden Artze" (Ärzte) und datiert Kopenhagen, 16. Mai 1842. Andersen legt ihm den dänischen Schriftsteller, Übersetzer und Theatermann Carl Borgaard ans Herz, der Wien besuchen sollte, berichtet über seine eigenen Arbeiten und verspricht Baumann ein Exemplar des *Basar,* in dem „auch einige Bilder von Wien" stehen. „Sie können mir glauben, daß ich in stiller Einsamkeit oft an unsre kurze Begegnung denke . . . Grüßen Sie die Familie Gevay, die reizende Tochter nicht zu vergessen; drücken Sie Grillparzer getreu die Hand, der lieben, großen Seele! Sagen Sie ihm, wie lieb er mir ist!" Auch Grüße an Frau von Weißenthurn und Castelli werden aufgetragen, und zuletzt steht: „Sehen Sie ‚*Bäurle*', so grüßen Sie ihn, obwohl er nicht so nett war, sich zur abgemachten Verabredung einzufinden. Sein Wochenblatt ist die einzige Wiener Zeitung, die wir in Kopenhagen haben."

Am Tag nach seiner Ankunft war Andersen auf dem Graben, zu allen Zeiten der wahrscheinlichste Begegnungspunkt, auf den Geiger August Pott gestoßen, der einmal in Kopenhagen ein Konzert gegeben hatte. Pott bemächtigte sich Andersens. Er brachte ihn zu seinen Schwiegereltern auf der Wieden – der Schwiegervater „ein echter Wiener" –, wo der dänische Gast zweimal gut bewirtet wurde. Das eine Mal ging er allerdings von dort „im Regen mit meinen teuren neuen Hosen, das ärgerte mich". Andersen, der Anzüge, Wäsche und Strümpfe immer eigenhändig reparierte – er war mit der Nadel genauso geschickt wie mit der Schere –, war mit dem dänischen Gesandtschaftssekretär Castenskiold sofort zum Schneider gegangen und hatte auch gleich „Visitkarten, Hemden, Stiefel &" bestellt – es war Juni, und er hatte Kopenhagen am 31. Oktober (1840) verlassen.

Mit den Schwiegereltern von Pott stellte er sich am 10. Juni schon um sieben Uhr früh in der Kärtnerstraße auf, um die Fronleichnamsprozession zu sehen. Zuerst kamen

Waisenkinder in Blau, dann die Edelknaben, „die infam hochnäsig aussahen, besonders ein Blondschädel; die Hofsänger waren netter“. Während der Erzbischof unter einem seidenen Himmel ging, kam hinter ihm „der Kaiser ohne jeden Himmel, barhäuptig, mit einer blumenumwundenen Fackel, alle die kaiserlichen Prinzen folgten ihm. Die ungarische Garde, mit gelben Stiefeln, nahm sich auf den unruhigen Pferden prächtig aus . . .“

Mit Pott, den er etwas „zu weibisch, zu farblos“ für seinen Geschmack fand, „dabei wohl ein höchst liebenswerter Mensch“, besuchte Andersen Beethovens Sterbehaus in der Schwarzspanierstraße. Tagebuch, 9. Juni: „Es war früher ein Kloster, die Kirche ist jetzt ein Magazin [für Militärbetten], aber das Klostergebäude ist hergerichtet, hier wohnt nun ein vornehmer Mann in Beethovens Stockwerk, alles ist elegant, nur die Decke stammt aus der Zeit Beethovens, sie hat an jeder Ecke eine Maske.“

Potts wichtigste Tat war es, den Dichter mit Sigismund Thalberg zusammenzubringen. Andersen hatte den Klaviervirtuosen schon im November des Vorjahres, in München, in einem Konzert gehört und damals notiert: „Thalberg spielt mit einer erstaunlichen Fertigkeit, er besitzt eine große Ruhe, scheint selbst nicht hingerissen, er war nicht so originell wie Liszt; keiner der beiden hat mein Gefühl angesprochen; Thalberg rührt an den Verstand, Liszt an die Phantasie. Er hatte etwas Vornehmes, Ruhiges an sich, das mir nicht gefällt.“ Schumann soll Thalberg eine „Komtesse mit einer Männernase“ genannt haben, und andererseits spricht Hanslick von der „vornehmen Ruhe“, dem „Geist der Selbstbeherrschung und des Maßhaltens“ in seinem Spiel. Der Eindruck, den Andersen von ihm hatte, scheint durchaus nicht unrichtig gewesen zu sein.

Nichtsdestoweniger gefiel er ihm in Wien, nun von Angesicht zu Angesicht. Am 12. Juni begab er sich mit Pott zu Thalberg, „der bei seinem Vater, dem Fürsten Dietrichstein, wohnt, alles war fürstlich, Th. sehr nett, wußte von mir und spielte für mich". Sigismund Thalberg war ein unehelicher Sohn des Fürsten Franz Joseph Dietrichstein, Bruder des „Musikgrafen" Moritz Dietrichstein, eine Tatsache, aus der offenbar kein Geheimnis gemacht wurde, auch Castelli bestätigt sie in seinen Memoiren.

Andersen traf den Musiker mehrmals und wanderte vor seiner Abreise noch einmal zum Dietrichstein-Sommerpalais – das spätere Clam-Gallas-Sommerpalais in der Währingerstraße –, obgleich er just an dem Tag „sehr angegriffen" war. Er wollte sich verabschieden. Thalberg „war im Morgenanzug, wie plauderten mehr als eine Stunde miteinander, er versprach, mich in Kopenhagen zu besuchen, vielleicht nächsten Winter; wir sprachen viel von Ole Bull und Liszt".

Ist der Orientteil des *Basar* neben dem Dänen Adam Oehlenschläger „dem österreichischen Internuntius in Konstantinopel, Baron v. Stürmer" gewidmet, so hat der folgende Teil, „Donaufahrt" betitelt, gewissermaßen Klavierbegleitung: „Den Fürsten des Klaviers, meinen Freunden, dem Österreicher Thalberg und dem Ungarn Liszt, spiele und widme ich dieses ‚Donau-Thema mit Ufer-Variationen'."

Es war keine Anmaßung von Andersen, auch Liszt seinen Freund zu nennen, denn kurz nach seiner Rückkehr hörte er ihn in Kopenhagen nicht nur spielen – er tafelte auch mit ihm. „Er scheint Sympathie für mich zu haben", berichtete er an Jette Hanck. Die Sympathie vertiefte sich in den folgenden Jahren zu einer Freundschaft, übrigens auch mit Liszts Lebensgefährtin, der Fürstin Karoline Sayn-Wittgenstein. Sie warf Andersen allerdings vor, daß er in seiner *Basar*-Widmung das Genie Liszt mit Thalberg zusammengekoppelt hatte, der nur das könne, was er erlernt habe. In seinen „Gesammelten Werken“ ließ Andersen später alle diese Widmungen aus, nicht um der Fürstin einen Gefallen zu tun, sondern weil er sich von seinen Landsleuten keinen Snobismus vorwerfen lassen wollte. Thalberg verschwand jedoch dadurch nicht aus dem *Basar,* er ist in einem der Wiener „Schattenrisse“ gezeichnet:

„Wir sind in einer der Vorstädte, ein kleines Schloß liegt mitten in einem englischen Park, hier wohnt der Fürst Dietrichstein. Wir gehen durch eine Flucht schöner Räume; ein Fortepiano klingt uns entgegen . . . So spielt nicht Liszt! Er und dieser sind gleich gewaltig und gleich verschieden. Liszt verblüfft – man wird von den wirbelnden Bacchanten mitgerissen; hier hingegen steht man auf einem hohen Berg in Gottes heller Sonne, wird erfüllt von Größe, erquickt von Ruhe und Grazie . . . Wer ist dieser Beherrscher des Pianos? Betrachtet ihn. Er ist jung, schön, edel und liebenswert. Erkennt man meinen Schattenriß nicht, so muß ich den Namen darunter schreiben – Sigismund Thalberg.“

Auch im letzten der vier Wiener Schattenrisse ist ein Musiker porträtiert:

„Wir sind im Volksgarten! In lebhaftem Gespräch promenieren Herren und Damen unter den duftenden grünen Bäumen; hin und her eilende Kellner sorgen dafür, daß die brennenden Herzen von etwas Eis gekühlt werden. Die Klänge eines ganzen Musikchors brausen durch den Garten. Inmitten der Musikanten steht ein junger Mann von dunkler Gesichtsfarbe, seine großen braunen Augen schweifen unruhig umher, der Kopf bewegt sich, die Arme, der ganze Körper, es ist, als wäre er das Herz des großen Musikkörpers, und durch das Herz strömt, wie wir wissen, Blut, das hier aus Tönen besteht. In ihm, dem Mann, werden Melodien geboren, er ist das Herz, und ganz Europa hört seinen musikalischen Pulsschlag, Europas eigener Puls schlägt stärker dabei – – der Mann heißt – Strauß."

Schon 1834 hatte Andersen in Dommayers Kasino in Hietzing Johann Strauß Vater gesehen und damals notiert: „ein Mann von ungefähr dreißig Jahren, sehr lebendig, er war eitel Bewegung, während er anführte, und die braunen Augen starrten in die Tonwelt, die er schuf, die Leute aßen, tranken und plauderten, der Garten ist klein und daher überfüllt, schwere Regenwolken glitten tot über uns hinweg."

TEE IN DER HOFBURG

Es war ein euphorisch gestimmter Andersen, der Freitag, den 6. März 1846 zu seinem dritten Besuch in Wien eintraf. Die Reise, die ihn diesmal aus nördlicher Richtung nach Österreich brachte, wird von keinem seiner Biographen anders als ein „Triumphzug" bezeichnet. Mit Recht. Er wurde von Fürstenhof zu Fürstenhof gereicht. Das irritierte manche seiner Landsleute, weniger aus politischen Gründen – obwohl es deutsche Fürstenhöfe waren und der kommende deutsch-dänische Konflikt wegen der Herzogtümer Schleswig und Holstein sich bereits murrend ankündigte –; es irritierte sie, weil er es nicht lassen konnte, in seinen Briefen brühwarm und ausführlich davon zu berichten. Es klang – und klingt – eitel, aber Triumphe solcher Art hätte auch jemand, der weniger nach Anerkennung und Selbstbestätigung hungerte, schwerlich keusch verschwiegen. Die „Sumpfpflanze", wie er sich einmal genannt hatte, tafelte jetzt mit Herzogen und Königen. Er, der als viel zu alter Gymnasiast seinen Gönner um Geld zum Besohlen seiner Stiefel bitten mußte, hatte nun die Wahl zwischen den Angeboten von nicht weniger als vier deutschen Verlegern – einer von ihnen war Brockhaus –, die alle seine „Sämtlichen Werke" herauszugeben wünschten.

Als Dichter wußte er endlich, was er konnte, sollte und wollte. 1844 waren *Die Nachtigall* und *Das häßliche Entlein* erschienen. Das eine der beiden Märchenhefte des Jahres 1845 enthielt den *Tannenbaum* und die *Schneekönigin.* Andersens Märchen, alsbald übersetzt, „grassierten" in

Deutschland. Das Leben war schön. „Ich hätte Gott ans Herz drücken können – ich war demütig vor Dankbarkeit", heißt es in einem Brief.

Wie ein Leitmotiv kehrt dieser Gedanke immer wieder, auch in dem mehrere Seiten langen Brief, den Andersen am 13. März 1846 aus Wien an König Christian VIII. sandte und in dem er sein Licht nicht unter den Scheffel stellt:

„Ein Glücksstern steht über meinen Arbeiten; sie fliegen weit umher . . . Ein solches Glück, eine solche Anerkennung macht weich ums Herz, macht demütig vor Gott. Oh, wenn ich an meine arme Kindheit denke, an meine Entbehrungen, an die schweren finsteren Stunden, dann will mir oft scheinen, als sei das alles ein Traum; ich könnte beinahe weinen. Eure Majestät! Ich denke mehr an Ihr Herz als an Ihre Krone, indem ich dies schreibe; Sie werden es liebevoll und gnädig auffassen . . ."

An dieser Stelle zitiert Andersen sich selbst. Die Nachtigall in seinem Märchen sagt zum genesenden Kaiser von China: „Ich liebe dein Herz mehr als deine Krone, und doch ist um die Krone ein Duft von etwas Heiligem."

Irgendwie trug es auch zum Glücksgefühl bei, daß diese Reise nun über weite Strecken mit dem „Dampfdrachen" vorgenommen werden konnte, zunächst von Hannover nach Berlin. „Von Hannover flog ich mit der Bahn die 49 Meilen in einem einzigen Tag . . . wie großartig das ist! Was der Mensch doch ausrichten kann! Alles im Alltag ist ein Wunder, alles ist Zauberei!" So schrieb Andersen seinem alten Freund und Gönner H. C. Örsted.

Die Etappen des Triumphzugs sahen so aus:

31. Oktober 1845 Abreise aus Kopenhagen.

Zehn Tage Gast des Herzogs Christian August von Augustenborg auf Schloß Gravensteen (Graasten) in Nordschleswig. „Ich hatte drei schöne Zimmer . . . Als ich im Wagen saß, schickte man mir Obst, stand am Fenster und winkte mit den Taschentüchern, solange ich zu sehen war." („man": die Herzogin Louise Sophie von Augustenborg und ihre beiden jungen Töchter.)

Knappe drei Wochen in Oldenburg, als Gast beim Kabinettssekretär von Eisendecher. Mehrmals im herzoglichen Schloß. Als Abschiedsgeschenk des Großherzogs August „ein sehr schöner Ring", den Eisendecher „auf über 200 preußische Taler schätzt. Ich wurde ganz verlegen. Es war nicht meine Absicht, ihn zu verkaufen, wie er meinte." (Tagebuch.)

19. Dezember 1845 bis 7. Januar 1846 Berlin. Am 26. Dezember an der Tafel des preußischen Königs, Friedrich Wilhelm IV., „der sehr gnädig war, viel vom *Geiger* sprach". Am 3. Januar zu königlichem Tee in Potsdam, Märchen vorgelesen. 6. Januar: „Der König ernennt mich zum Ritter des Roten Adler-Ordens III. Klasse, und das an Collins Geburtstag; große Freude. Noch einen Brief an den Vater [Collin] geschickt." (Tagebuch.)

Es ist Andersens erster Orden.

Ganz Berlin will Andersen sehen – „Essen und Ehren", schreibt er an Edvard Collin.

In diesem Freudenbecher fehlt allerdings nicht der obligate Tropfen Wermut. „Ich liebe sie", hatte Andersen auf seinem Kalender notiert, als Jenny Lind, der noch heute das Epitheton der „schwedischen Nachtigall" anhaftet, zwei Jahre zuvor ein umjubeltes Gastspiel in Kopenhagen absolvierte. Sie hatte ihm schon damals bedeutet, daß er für sie nur war, was er in diesem Fall bestimmt nicht sein wollte, wieder einmal ein „Bruder". Nun waren sie zum Jahreswechsel beide in derselben Stadt, in Berlin – sie in der Oper allabendlich gefeiert, Gegenstand eines veritablen Kults. Er hatte gehofft, den Heiligen Abend mit ihr zu verbringen, und als er sie am Stephanitag endlich sah, beklagte er sich, daß er völlig allein gewesen sei. Sie hatte einen Christbaum, schenkte ihm laut Tagebuch „eine Seife in Form von einem Stück Käse [!], Eau de Cologne; war sehr lieb, tätschelte mich, nannte mich ein Kind . . .“

Das war ja nicht viel besser als der „Bruder“. Im *Märchen meines Lebens* erzählt Andersen diese Episode etwas „gruppiert“, als wäre er am Weihnachtsabend tatsächlich so allein gewesen, wie er es Jenny Lind gegenüber darstellte. Das war er aber nicht. Laut Tagebuch ging er zu einer großen Gesellschaft, aber gewiß *fühlte* er sich sehr allein. Aus dem Tagebuch geht unmißverständlich hervor, daß Jenny Lind ständig und schmerzlich in seinen Gedanken war: „Donnerstag 25., Weihnachtstag. Über meinen Gedanken liegt ein Schleier, aber sie fliegen zu Jenny hin. Was habe ich ihr getan? Ist es nur Vorsicht wegen ihres Rufs, daß sie so wenig Notiz von mir nimmt? ‚Ich hasse Sie nicht, denn ich habe Sie nie geliebt‘, hat sie einmal zu mir gesagt. Ich verstand das nicht; jetzt verstehe ich es.“ –

Nächste Etappe war Weimar, wo der Erbgroßherzog Carl Alexander – der Enkel von Goethes Großherzog Carl August –, den er 1844 zum Freund gewonnen hatte, sehnsüchtig auf den Dichter wartete. Tagebuch, 8. Februar 1846: „Der Erbgroßherzog flog mir entgegen, drückte mir die Hände und sagte: ‚Ich kann Sie hier nicht empfangen, wie ich es zu Hause tun würde, o mein Freund, ich habe mich nach Ihnen gesehnt!‘ Auch seine Gemahlin kam mir gnädig entgegen.“ Am nächsten Tag: „Er . . . drückte mich an seine Brust, küßte mich mehrmals, dankte mir für meine Liebe zu ihm, Arm in Arm gingen wir in sein Zimmer, sprachen lange, bis er in den Staatsrat gerufen wurde, da begleitete er mich Arm in Arm bis zur äußeren Tür! – Ging zu Exzellenz Müller [Goethes Kanzler Müller], der mich küßte." Es war ein emotionelles Klima. „Wie ein sonniges Märchen war mein Aufenthalt in Weimar", schrieb er nach Haus. Er blieb einen ganzen Monat, einen Teil der Zeit auch hier gleichzeitig mit Jenny Lind.

Leipzig, nächste Etappe, war Geschäft. Andersen unterzeichnete den Kontrakt für die Herausgabe seiner „Gesammelten Werke" durch den Verleger Carl B. Lorck, dem einstigen Landsmann, mit dem er auf dänisch korrespondieren konnte.

Dresden, als Sachsens Residenzstadt, war wiederum royal – und dynastisch ziemlich verwickelt. Die deutschen Höfe waren um diese Zeit in reichem Maß mit bayrischen Prinzessinnen versehen, und um die Dinge zu komplizieren, gab es da gleich zwei Paar Zwillingsschwestern, noch dazu alle beide Paare die Töchter des Maximilian I. von Bayern aus seiner zweiten Ehe: Elisabeth und Amalie, geboren 1801, Sophie und Marie, geboren 1805.

Elisabeth war die Gemahlin des Königs Friedrich Wilhelm IV. von Preußen, ihr Zwilling, Amalie, die Gattin des *Kronprinzen* Johann von Sachsen. Elisabeth hatte Andersen an diese ihre Zwillingsschwester empfohlen.

Der regierende *König* von Sachsen, Friedrich August II., war jedoch seinerseits verheiratet mit der einen Schwester aus dem zweiten, jüngeren Zwillingspaar, nämlich mit Marie, und deren Zwilling war die österreichische Erzherzogin Sophie. Es war ebenso verwickelt wie verwirrend. Andersen, vom Zwilling am preußischen Hof an den Zwilling des sächsischen gereicht, konnte an Ort und Stelle konstatieren: „Die Prinzessin Johann [Amalie] sah ihrer Zwillingsschwester, der Königin von Preußen, derart ähnlich, daß ich glaubte, es sei diese. Die Königin" – hier ist Marie von Sachsen gemeint – „bot mir einen Brief an ihre Schwester an, die Erzherzogin Sophie von Österreich." Diesen Brief bekam er.

Auf dem Weg nach Wien war Andersen noch schnell beim Erzherzog Stefan in Prag, an den er ebenfalls warm empfohlen war. Der Empfang war herzlich, „er bat mich, ihn als einen alten Bekannten zu betrachten, wenn ich nach Prag komme . . . Ich mochte ihn."

Entgegen seiner Gepflogenheit fuhr Andersen über Nacht von Prag nach Wien. Tagebuch, 5. März:

„Die Waggons sehen aus wie lange Häuser . . . Ich wählte mir einen Eckplatz. Eine Lokomotive hätte beinahe einen Menschen überfahren. Mehrere tausend Soldaten sollten eine halbe Stunde nach uns abfahren – Truppen, die einige Jahre hier einquartiert waren. Die Straßen und der Platz waren voller Menschen. Die Taschentücher wehten. Es war ein großartiger Anblick, als wir losfuhren; die ganze Böschung war von Menschen besetzt. So etwas habe ich noch nie gesehen. Derlei läßt sich nicht arrangieren. Was imponierte, waren die Massen. Es sah aus wie der reichste türkische Teppich, die Farben aber waren Menschen, Kleider, Köpfe; wie ein aus Menschen geformter Berg. Überall, meilenweit, sahen wir Leute . . . Diese böhmischen Gesichter, die Fakkelbeleuchtung, die zerlumpten Kleider, die unverständliche Sprache, die überall erklang – wir fuhren durch die finstere Nacht, der Mond war untergegangen, über Viadukte, durch Tunnel, die Fenster ratterten, die Signalpfeife schrillte, das Dampfroß schnaubte, und ich lehnte zuletzt den Kopf an die Wand und schlief unter Gottes Schutz." Die Tagebucheintragung gefiel ihm so gut, daß er sie fast wörtlich in das *Märchen meines Lebens* übernahm.

Am nächsten Tag, Freitag, den 6. März, war Andersen gegen ein Uhr in Wien: „Ein visitierender Soldat glaubte, in der Adresse an meiner Hutschachtel stecke ein Brief, machte sie auf. Stieg im Hotel Stadt Frankfurt ab; zahle für ein Zimmer im dritten Stock 4 Zwanziger, Geldangst!"

Das Hotel zur Stadt Frankfurt, Nachfolger eines „goldenen Ochsen", war Nr. 1086 – später Nr. 14 – in der Seilergasse. –

Andersen fand ein Wien im Lisztfieber vor. „Der Wanderer", der am 12. März mitteilte, daß „der gemüthreiche Dichter Herr Andersen" sich seit einigen Tagen in Wien befinde, brachte in jeder Nummer „Listige Bemerkungen über Liszt", von den seriösen Mitteilungen über den „unermüdlichen Großmeister des Pianofortes" ganz abgesehen. Bäuerles „Theaterzeitung" hatte eine ständige Rubrik scherzhafter „Lisztiana", etwa: „Welche Ähnlichkeit hat Liszt, wenn er im Concertsaale am Claviere sitzt, mit der Haupt- und Residenzstadt Wien? Daß er wie Wien in seiner nächsten Nähe immer die schönste Umgebung hat." Saphirs „Humorist" schilderte Auswüchse des Jenny Lind-Fiebers in Berlin – das für Wien unmittelbar bevorstand – und schlug als nächstjährige Preisfrage für die Akademie der Künste und Wissenschaften vor: „Welcher Enthusiasmus ist unsinniger, der Liszt-Enthusiasmus oder der Lind-Enthusiasmus?"

Am Samstag, dem 7. März, dem Tag nach seiner Ankunft, suchte Andersen seinen Freund Liszt gleich auf, fand ihn „apart gekleidet" und von Besuchern überlaufen, bekam aber eine Einladung zum Konzert am nächsten Tag, dem dritten, das Liszt gab. Tagebuch: „Eine Saite nach der anderen sprang, es war heiß und zugig, ich hörte wieder seine Phantasie über ‚Robert‘ [den Teufel]. Er ist ein Sturmgeist, der mit den Tönen spielt. Ein Tonjongleur. Ich staune, aber ich schmelze nicht.“

In Begleitung des Gesandtschaftssekretärs Castenskiold, der noch immer in Wien war, hatte er am Samstag außerdem „Empfehlungsbriefe abgegeben“ – sicherlich vor allem den aus Dresden an Erzherzogin Sophie –, für $1^1/_2$ Zwanziger Los Nr. 7.40.90 gekauft und nach dem Besuch bei Liszt an einem Essen beim dänischen Gesandten, Baron Löwenstern, teilgenommen. Als Nachtisch las er dort *Das häßliche Entlein* und *Das Gänseblümchen* vor. Im Hotel fand er eine Einladung in die Concordia, „wo ich mit den Poeten zusammentreffen sollte, ich war aber müde und blieb zu Hause; sinnliche Gedanken, etwas umhergestreift, um mich abzukühlen“.

Die „Poeten“ in der Concordia – es war die erste, sogenannte vormärzliche Concordia, 1840 von Friedrich Kaiser gegründet – traf Andersen nur einmal, am 14. März. Er kam um halb zehn Uhr abends hin und fand es ungemütlich – leider wahrscheinlich deshalb, weil kein Wesens von ihm gemacht wurde: „Die paar Leute, die hier waren, kannten mich nicht, ich ging zwischen zwei Tischen auf und ab, endlich kam jemand und fragte, ob ich Andersen sei; sprach mit Becker, Frankl, Bauernfeld . . . Ging um halb elf. Hr. Kaiser, der Volkskomödiendichter, wurde mit Jubel empfangen.“

Diese Namen haben Achtundvierzigerklang. Der „Bekker“ aus Andersens Tagebuch ist der Musiker Alfred Julius Becher, einer der neun, die im November 1848 hingerichtet wurden. Laut Ludwig August Frankl – den Andersen schon 1841 an einem Burgtheaterabend getroffen, aber wenig sympathisch gefunden hatte – war die erste Concordia der Wiener Polizei ebenso ein Dorn im Auge wie die anderen Literaten- und Künstlervereinigungen des Vormärz, an erster Stelle die „Ludlamshöhle". „Man roch überall Karbonarismus, und wo einige Menschen abgesondert beisammensaßen, da drängte sich auch gewiß ein Polizeispion ein, um jedes Wort zu überwachen und gehörigen Orts Rapport darüber zu erstatten", schreibt Castelli.

Von den alten Bekannten war Castelli übrigens der einzige, mit dem Andersen 1846 mehrmals zusammen war. Sie übersetzten nämlich gemeinsam *Das kleine Mädchen mit den Schwefelhölzern* ins Deutsche, das Castelli denn auch in seinem Taschenbuch *Huldigung den Frauen* für das Jahr 1847 brachte. Für sein Stammbuch beziehungsweise Album bekam Andersen Castellis gestochenes Konterfei, das ihn als pfeifenschmauchenden und käppchentragenden Biedermann zeigt, unter dem Porträt, ebenfalls gestochen, die Worte: „Nix für unguad!" Es war ein Bild, das Castelli offenbar gern verschenkte. In diesem Falle schrieb er noch einen Vers darauf:

„Dies Bild soll dir stets mit liebendem Sehnen
Von ferne zurufen des Freundes Gruß;
Denn Du lieber *Däne!* bist Einer von *Denen*
Die man immer achten und lieben muß."

Den Vierzeiler und Bauernfelds Vers – siehe Seite 144 – zitiert Andersen im *Märchen meines Lebens.* Über den Besuch in der Concordia heißt es dort:

„Die meisten leuchtenden Sterne der österreichischen Literatur sah ich an mir vorübergleiten, wie man von der Eisenbahn aus die Kirchentürme sieht; man kann sagen, daß man sie gesehen, und um im Bild der Sterne zu bleiben, kann ich sagen, daß ich in der Gesellschaft Concordia die ganze Milchstraße sah – hier war eine Schar junger, wachsender Kräfte, hier waren Männer von Tüchtigkeit und Bedeutung."

Am Sonntag, dem 8. März, wurde Andersen für sechs Uhr zum Obersthofmeister der Erzherzogin Sophie, Graf Louis Széchenyi, bestellt: „Ich war nicht recht zufrieden mit seiner Art, mich zu nehmen, und dabei war er ja äußerst höflich; ich bin für morgen um halb acht zur Erzherzogin Sophie befohlen, soll Märchen verschiedener Art mitbringen, die auch von ihrem ältesten Sohn, dem künftigen Kaiser, gehört werden können."

Am 9. wartete er „bis halb acht auf den versprochenen kaiserlichen Wagen, ging dann hin, begegnete dem Wagen, der mich holen sollte; saß eine halbe Stunde im Vorgemach, kam dann hinein, Erzherzogin Sophie empfing mich freundlich, dann kam die Kaiserinmutter, die Gemahlin von Franz I.". Es war die Kaiserinwitwe Karoline, auch sie eine Tochter von Max I. von Bayern, allerdings aus seiner ersten Ehe, und somit eine Halbschwester der Erzherzogin Sophie. Von den Anwesenden sind im Tagebuch genannt: Graf Henri Bombelles, der Erzieher von Franz Joseph und seinem Bruder Max – 1848 wurde der Graf von der Menge in effigie gehängt –, der schwedische Prinz Gustaf Wasa, welcher österreichischer Feldmarschalleutnant war, der Erbgroßherzog Ludwig von Hessen-Darmstadt und „eine Menge junger Prinzen". Im *Märchen meines Lebens*, dessen dänische Fassung aus dem Jahr 1855 stammt, steht nach der Aufzählung der illustren Erwachsenen: „. . . und mehrere Prinzen; einer von diesen, der sich freundlich in ein Gespräch mit mir einließ, war der jetzt regierende Kaiser." Es ist die Frage, ob dieses Gespräch mit dem damals noch nicht sechzehnjährigen Franz Joseph wirklich stattfand oder freundlich „gruppiert" ist.

Fest steht nach dem Tagebuch, daß folgendes geschah: „Trank Tee, las den Tannenbaum, das häßliche Entlein, die roten Schuhe, die Liebesleute und Holger Danske. – Nachher sprachen die Erzherzogin Sophie und die Kaiserinmutter viel mit mir." Auf dem Heimweg von der Hofburg genehmigte sich der Dichter ein Glas Punsch. Es muß recht spät gewesen sein, denn fünf Märchen sind viel.

Ein paar Tage später wurde ihm im Namen der Erzherzogin Sophie ein Schmuckstück überreicht, das er mehrfach als „geschmackvolle Busennadel" bezeichnet hat. Falls die zweigliedrige Krawattennadel – eine solche ist es – von einem einheimischen Juwelier stammt, spricht dieser Dank des Hauses Habsburg für die Wiener Goldschmiedekunst im Biedermeier. Den eigentlichen Schmuck bildet ein Schlangenkopf aus Brillanten, der in einen herzförmigen blauen Stein beißt. Andersen vermachte die Nadel dem jüngsten der Collin-Söhne, Theodor, der Theaterarzt und auch Andersens Arzt war. Sie ist heute im Andersen-Haus in der Geburtsstadt des Dichters zu sehen.

Dort findet sich auch das Großkreuz des Guadelupe-Ordens, den Maximilian von Mexiko gestiftet hatte, um „hervorragenden Männern einen Beweis [seiner] Anerkennung und Bewunderung" zu geben; so schrieb er 1865 an Grillparzer, der das Großkreuz als erster bekam. Andersen war ehrlich überrascht, als er 1866 in Paris von der Ordensverleihung erfuhr, und quittierte im Ergänzungsband zu seiner Selbstbiographie: „Der edle, reich begabte, bald so unglückliche Kaiser hatte meiner gedacht, mir eine Freude machen wollen. Ich erinnerte mich an jenen Abend vor vielen Jahren, als ich in der kaiserlichen Burg zu Wien, bei seiner Mutter, der Erzherzogin Sophie, einige meiner Märchen vorlas; zwei junge Männer kamen so freundlich zu mir hin und sprachen mit mir; es waren der Prinz Maximilian und sein Bruder, jetzt Österreichs Kaiser."

„In Wien wurde ich auch gleich eingeladen, das Burgtheater zu besuchen; ich verbrachte wie in einem Taumel Fest auf Fest bei Grafen und Baronen", schrieb Andersen im April aus Rom an Jette Hanck. Es war nicht einmal übertrieben – ein Tee in der Hofburg wirkte natürlich Wunder. Hermetisch geschlossene Türen taten sich plötzlich auf – so bei den Grafen Salm und Creneville –, und Baron Löwenstern, der dänische Gesandte, servierte seinen Gästen mehrmals den berühmten Landsmann. Auch der Obersthofmeister Graf Széchenyi lud Andersen nun zu einem Essen ein und benahm sich etwas anders als offenbar das erstemal. Tagebuch, 12. März: „Er war diesmal höchst liebenswürdig, seine Frau sagte, sie habe meinen Namen nicht richtig verstanden – sie schwärme ja für meine Schriften; die Märchen und der ‚Basar' lagen auf dem Tisch; Baumann" – es war sein guter Bekannter Alexander Baumann – „las aus dem ‚Basar' das Stück über die Eisenbahn vor . . ."

Unter diesen Umständen hatte Andersen nur an drei Abenden Zeit, um ins Burgtheater zu gehen.

Einen neuen Freund gewann er, wieder einmal einen Musiker. Am 14. suchte er Heinrich Wilhelm Ernst auf, der ihm vorspielte. „Seine Geige klang wie eine Menschenstimme." Als Ernst im Dezember des folgenden Jahres in Kopenhagen konzertierte, schickte Andersen ihm sein *Bilderbuch ohne Bilder* und bekam einen reizenden Dankbrief, in dem es heißt: „*Bilder ohne Buch:* so sollten Sie das Werkchen eigentlich nennen, denn man vergißt dabey ganz daß es ein Buch ist! . . . Wer je den Muth gehabt Sie zu rezensieren, der hätte auch das Verbrechen begehen können, den Duft des Veilchens, den Gesang der Nachtigall analysieren zu *wollen,* denn beym Willen wäre es ja doch nur immer geblieben . . . Ihnen ist nur Gesundheit und langes Leben zu wünschen, denn wem der Mond so freundlich scheint wie Ihnen, der trägt des Lebens Sonnenschein in sich selbst!"

Nach unruhigem Schlaf und der Austeilung von „viel Trinkgeld" war Andersen am 18. März, wie immer überpünktlich, „um dreiviertel sieben auf der Bahn, um acht Uhr fuhren wir". Sein Ziel war Italien. Es war die erste Zeit der Südbahn, denn noch mußte die Semmeringstrecke ab Gloggnitz mit Pferden bewältigt werden, aber er fand die Strecke im Steirischen, ab Mürzzuschlag, „die kühnste Eisenbahn, die ich bisher kenne, sie windet sich wie eine Schlange zwischen den Bergen, den Fluß entlang, ich erwartete jeden Augenblick, daß wir entgleisen und in das brausende Wasser hinabgeschleudert würden". So schrieb er aus Rom an Henriette Hanck.

Er schrieb auch an Edvard Collin, der mit seiner Frau nach ihm nach Wien gekommen war: „Sie sind also in Wien! . . . Nicht wahr, es ist großartig, mit dem Dampf so von Kopenhagen nach Wien zu fliegen! Haben Sie etwas von der Stadt gesehn? . . . Betrachten Sie Canovas Monument in der Kapuzinerkirche [!], die herrliche Statue im Augarten [!], gehen Sie ins Burgtheater und vergessen Sie nicht die Italiener im Kärntnertortheater. Sie müssen unbedingt Castelli besuchen . . . er ist ein echter Wiener, Gemüt und Launigkeit." In einem separaten Brief forderte er Jette Collin auf,

auf jeden Fall Schönbrunn und „Kloster Naumburg“, womit er Klosterneuburg meinte, zu sehen und ihre Eindrücke vom „Eisenbahnflug“ zu berichten: „Reisen ist leben – da wird das Leben reich und lebendig, man nährt sich nicht vom eigenen Blut, wie der Pelikan, sondern von dem der großen Natur.“

Er wünschte allen seinen Freunden, daß sie durch Reisen „leben“ sollten. Und er begnügte sich nicht mit Vorschlägen und meist guten, weil praktischen Ratschlägen. Sobald er die „Geldangst“ seiner frühen Jahre los war, die ihn anfallsweise freilich noch bis zuletzt packen konnte, lud er großzügig die heranwachsenden Söhne des Collinklans der Reihe nach zu seinen Reisen ein.

1854 war er mit Einar Drewsen, einem Sohn von Jonas Collins ältester Tochter Ingeborg, für fünf Tage in Wien, sein vierter und kürzester Besuch. Hier sah er zum erstenmal seit Weimar, Februar 1846, Jenny Lind wieder, die nunmehr Lind-Goldschmidt hieß und ein Kind hatte. Der kleine Walter war „groß und dick, ähnelte ihr ein bißchen und hatte Goldschmidts braune Augen“ (Tagebuch). Der Mann, ein Pianist – laut Hanslick mit der einem „Prinzgemahl“ gebührenden Höflichkeit behandelt –, wirkte „recht angenehm“ auf Andersen.

Gleich am Tag nach seiner Ankunft suchte Andersen Jenny Lind auf, erfuhr jedoch, daß sie „sonntags“ niemanden empfange. Es war Himmelfahrtstag, der 25. Mai. Er ging statt dessen mit dem jungen Einar in die Augustinerkirche – im Tagebuch hier erstmals richtig benannt –, „sah das Denkmal von Canova, hörte die Messe“, besuchte Laube, der seit 1849 Burgtheaterdirektor war, warf einen Blick in die Stephanskirche und lud seinen Begleiter „auf ein Eis“ ein.

An zwei Abenden machte er Gebrauch von den je zwei Freikarten, die Laube ihm sofort zur Verfügung stellte. Er sah Schillers *Glocke* mit lebenden Bildern und *Wallensteins Lager,* das vor 1848 nicht hatte aufgeführt werden dürfen, am anderen Abend den *Sonnwendhof* von Mosenthal: „Anschütz war meisterhaft als der Pfarrer, Frl. Haizinger als die alte Crescenz.“ Stück und Aufführung gefielen ihm so gut, daß er es nach seiner Rückkehr übersetzte. Mosenthal, geschmeichelt, sandte dem „hochverehrten Dichter“ ein gedrucktes Exemplar seines Volksschauspiels. Andersen nannte es im Anklang an Auerbach „Eine Dorfgeschichte“ und bot es Heiberg für das Königliche Theater an. Heiberg rümpfte die Nase, der Leiter des Casino-Theaters nahm es mit Kußhand. Die Premiere war am 17. Januar 1855, und gleich am nächsten Tag schickte Andersen dem Autor in Wien einen langen Brief mit Bericht über den „ungewöhnlich starken Beifall“. Tatsächlich erlebte Mosenthals *Sonnwendhof* einunddreißig Aufführungen in Kopenhagen.

Am 26. Mai hörte Andersen im „Saale der Gesellschaft der Musik“, wie er schrieb, Jenny Lind singen, für die Armen von Wien. Sie hatte sich ganz von der Bühne zurückgezogen und trat nur noch in Oratorien und wohltätigen Konzerten auf. In Wien gab sie 1854 acht Konzerte. Ihre Stimme war nach Hanslick verblüht, „ihre erstaunliche Kunst und die poetische Weise ihres Vortrags hingegen ließ jeden anderen Gesang weit hinter sich“. „Und spenden sie des Beifalls Lohn / den Wundern deiner Kehle, / hier ist nicht Körper, kaum noch Ton, / ich höre dein Seele“, hatte Grillparzer gedichtet, als er sie 1846 hörte. In seinem Wohn-, Arbeits- und Schlafzimmer bei den Schwestern Fröhlich in der Spiegelgasse hing ein Stich des Porträts einer rosengeschmückten

Jenny Lind, das Eduard Magnus im selben Jahr gemalt hatte.

Andersen schrieb in sein Tagebuch: „Sie sang unvergeßlich, besonders ‚Ich muß nun einmal singen'. Nach dem Konzert war ich bei ihr drin. ‚Wie geht's Ihnen, lieber Andersen?' sagte sie, hielt mich treulich bei der Hand, lud Einar und mich für morgen um drei zum Essen ein. Zu Hause sprachen wir davon, und von Religion, Gott und Christus, vom Leben in der Welt, es wurde halb zwölf." Es war offenbar die Nachwirkung des Gesangs. Einar Drewsen war sonst kein gesprächiger Jüngling.

„EINE PRACHTSTADT IST EMPORGEWACHSEN“

„Seit mehr als zehn Jahren war ich nicht in Wien; die Stadt ist jetzt so erweitert und verschönert, daß ich sie kaum wiedererkenne. Eine ganze Prachtstadt ist emporgewachsen, und das neue Operngebäude übertrifft an Glanz und Größe alles, was ich in der Art gesehen habe.“ So schrieb Andersen am 28. Oktober 1869 an seinen amerikanischen Herausgeber Horace E. Scudder. Er war seit dem 17. Oktober in Wien.

De facto hatte er Wien fünfzehn Jahre lang nicht gesehen, und in der Zeit war viel Wasser die Donau hinuntergelaufen. 1857 hatte Kaiser Franz Joseph „die Auflassung der Umwallung und Fortificationen der inneren Stadt, so wie der Gräben um dieselbe“ angeordnet. Die Ringstraße war am 1. Mai 1865 eröffnet worden, auch wenn ihre „angemessene Einfassung von Gebäuden“ noch nicht vollendet war. Andersen selber, der 1867 Ehrenbürger seiner Geburtsstadt Odense geworden war, hatte kurz vor seiner Abreise in Kopenhagen ein großes Fest gefeiert: die 50. Wiederkehr jenes 6. September 1819, an dem er als Vierzehnjähriger naiv, herzensrein und völlig mittellos seinen Einzug in die dänische Hauptstadt gehalten hatte. Seit 1854, dem letzten Besuch in Wien, war der ewig Junge jedoch *mehr* als die fünfzehn Jahre älter geworden. Irgendwie hatte sich seine Einstellung geändert, was teilweise mit dem für Dänemark bitteren Ausgang des Krieges von 1864 zusammenhing. Bevor er nach Wien kam, schrieb er – aus Deutschland – nach Hause: „Zum erstenmal entdecke ich auf Reisen, daß ich mich daheim ebenso wohl befinde. Ich habe nicht das gleiche frohe Gefühl wie früher, wenn ich in deutschem Gebiet reise; alle kommen mir freundich entgegen, aber – ich war froher in Holland, Frankreich und Portugal. Ich denke ständig daran, daß ich älter geworden bin, daß dieses Erdendasein bald vorbei ist. Doch vielleicht in Wien mit seinem lebhaften Volksleben – wenn eines Tages die Sonne warm scheint und ich schöne Musik höre, da mag die Seele sich wieder zu Jugend aufschwingen."

Unglückseligerweise schien die Sonne in Wien nur wenig warm. Der Oktober des Jahres 1869 war kalt und ungemütlich, was Andersen umso mehr als Tort empfand, als er noch dazu Pech mit seiner Einquartierung hatte. Die Briefe in die Heimat sind voll davon:

„Ich mußte von Hotel zu Hotel fahren, um ein Zimmer zu finden, alles war besetzt. Im Hotel Müller am Graben, einem der vornehmsten, aber in einem alten, winkeligen Haus mit engen Gängen, schlechter Luft und gar nicht, wie man sich ein großes Hotel in Wien vorstellt, bekam ich endlich ein kleines Kabinett auf den Hof, finster wie ein Kleiderkasten mit einer Scheibe, das kostete 2 Gulden . . . Es regnete und stürmte, war eiskalt, ich fühlte mich ungemütlich, und bald hatte ich eine ordentliche Erkältung." In seinem „Kleiderkasten" stieg ihm außerdem ständig der Geruch von Beefsteak in die Nase: „so groß meine Phantasie ist, kann ich den Duft nicht auf Veilchen, ja nicht einmal auf Hyazinthen zurückführen" (Tagebuch, 19. Oktober). Nach ein paar Tagen wurde ihm ein hübsches Zimmer mit Balkon auf den Graben angeboten, in das er trotz des Preises – ganze 5 Gulden pro Tag – umzog, „da ich es nicht aushalten kann, in dem Kleiderkasten auf den Hof hinaus zu wohnen". Zu guter Letzt bekam er Zimmer Nr. 52 „auf die kleinere Straße hinaus" – den Kohlmarkt? – für 3 Gulden, „wurde dadurch besserer Laune".

Es war aber nicht lauter Wetter-, Wohn- und Preismisere. Zunächst stellte er fest, daß Wien sich in eine Großstadt verwandelt hatte: „Auf der Straße wird gefahren, als gäbe es keine Polizei, die für die heilen Glieder der Leute sorgen sollte, und dabei ist Wien in meinen Augen seit jeher eine Polizeistadt gewesen . . . Im alten Teil der Stadt mit den engen, winkligen Gassen bin ich in dem Wien, das ich kenne, aber komme ich hinaus – der Wall vor den Vorstädten ist geschliffen, Prachtgebäude haben sich erhoben, ich glaube, ich bin in Petersburg, in Paris." (Tagebuch, 19. Oktober.)

Den Schöpfer von mehreren dieser Gebäude, seinen Landsmann Theophil Hansen, hatte Andersen schon 1841 in Athen kennengelernt. Nun erneuerte er die Bekanntschaft. An einem Tag, an dem Schnee in den Straßen lag, wurde er von ihm durch das Todescopalais Ecke Walfischgasse und Kärntnerstraße geführt, „das Hansen gebaut hat, es ist eindrucksvoll, ohne zu überraschen, wohnlich, mit Komfort" (30. Oktober). Gebaut war das Palais im wesentlichen von Hansens Schwiegervater Ludwig Förster, aber Theophil Hansen allein zeichnete für die vielbewunderte Inneneinrichtung. – Andersen war auch zum Tee bei seinem – bereits wieder verwitweten – Landsmann, dessen Schwester Delikatessen aus der Heimat, hierunter Anschovis, auftischte, und notierte: „sehr plebejisch, aber gewiß ein tüchtiger Mensch." Nach Kopenhagen schrieb er weniger reserviert, „Theophilius" Hansen mache „uns Dänen Ehre durch seine Tüchtigkeit als Baumeister und durch die herrlichen Gebäude, mit denen er Wien verschönert".

Zum Hof hatte Andersen diesmal keinerlei Kontakt – Franz Joseph (als Kaiser) und Kaiserin Elisabeth scheint er nie auch nur gesehen zu haben. Sein einziger hocharistokratischer Umgang war Graf Wenzel Paar, der ihm 1846 in Italien „der vortrefflichste Reisegefährte“ gewesen war und ihn nun beim Wiedersehen „umarmte und küßte“. Von den „Poeten“ besuchte er einzig Bauernfeld (kein Kommentar im Tagebuch). Im Corps diplomatique hatte er mehrere alte Bekannte aus anderen Hauptstädten, so Bulwer-Lytton, den Sohn des Autors der *Letzten Tage von Pompeji,* der – unter dem Pseudonym Owen Meredith – selber dichtete. Und natürlich war Andersen ein prominenter Gast im Hause des eigenen, des dänischen Gesandten. Sich beehrt zu fühlen, hatte er nicht mehr notwendig, ganz abgesehen davon, daß er für ein Diner sehr bereitwillig, ohne sich bitten zu lassen, mit der Vorlesung von zwei, drei Märchen „zahlte“. Der dänische Gesandte hieß nunmehr Falbe und wohnte auf der Mölkerbastei Nr. 6, in unmittelbarer Nachbarschaft des Pasqualatihauses. „Das alte Adelspalais auf der Bastei, die geschliffen werden soll, hat einen polnischen Namen, Rokokomöbel und gewebte Tapeten“, notierte Andersen. Es war das imposante, nur noch auf Bildern existierende Palais Lubomirsky. Hinter der schönen Fassade entdeckte er bei seinem ersten Besuch eine „rohe“ Straße mit Prostituierten, die den Vorübereilenden verlachten.

Wichtiger als alle diplomatischen Dejeuners und Diners war wiederum das allabendliche Theater. Generalintendant der beiden Hoftheater war seit 1867 Freiherr von Münch-Bellinghausen alias Friedrich Halm, und diesen bedeutungsvollen Mann suchte Andersen wie gewöhnlich sofort nach seiner Ankunft auf. Es war seine erste Unterhaltung mit dem Autor der *Griseldis.* Während der Kopenhagener Erstaufführung dieses Stückes, 1844, war Thorvaldsen auf seinem Stammsitz im Königlichen Theater gestorben – ein dramatisches Ereignis, das ein natürliches Gesprächsthema ergab, auch wenn seither fünfundzwanzig Jahre vergangen waren.

Am gleichen Tag wie den Intendanten besuchte Andersen den jungen Burgschauspieler Ernst Hartmann, um ihm Grüße von einem dänischen Kollegen auszurichten. („In ihm war etwas unendlich Verbindliches, Verbindendes, Beziehungsvolles", schrieb Hofmannsthal nach Hartmanns Tod im Jahre 1911). Der Schauspieler, der in „hübschen Zimmern" in der Bräunerstraße 14 wohnte, lud Andersen für den Abend zur Erstaufführung eines neuen Stücks von Mosenthal, *Isabella Orsini,* in seine Loge ein. Andersen sah nur zwei Akte – Tagebuch: es war „sehr heiß, deshalb ging ich" –, holte aber das Versäumte, größtenteils zumindest, ein paar Tage später nach.

Hartmann und seine Frau, die Andersen sehr reizend fand, veranstalteten am 23. bei sich zu Hause einen „Andersenabend" für Kollegen. August Förster und Lewinsky erschienen nach ihrer Vorstellung. Letzterer erzählte, daß er „in der Schule" Andersenmärchen vorlese. Amalie Haizinger, damals neunundsechzig, äußerte sich entzückt über das *Bilderbuch ohne Bilder,* konstatierte eine Verwandtschaft zwischen „dem alemannischen Dichter" Hebel und Andersen – „ich glaub's" notierte dieser – und erklärte sich entschlossen, seine Märchen öffentlich vorzutragen, nachdem sie ihn *„Etwas"* und *Es ist wirklich wahr* lesen gehört hatte. Seine Wahl, zumal für einen Kreis von Schauspielern, war raffiniert. Eine Woche später sah Andersen sowohl die Haizinger wie seine Gastgeberin Helene Hartmann in *Eine vornehme Ehe* von Octave Feuillet. Da er, vom Tisch des Gesandten kommend, verspätet war, erlebte er nicht die stürmische Begrüßung durch das Publikum, als Helene Hartmann nach einem Wochenbett zum erstenmal auf der Bühne erschien, denn „niemand durfte hinein, bevor der Akt aus war, eine gute Sitte, die bei uns zu Hause eingeführt werden sollte, dann würden die Leute schon lernen, pünktlich zu kommen und nicht zu stören".

Ungewarnt sah er am 2. November das traditionelle Allerseelenstück von Raupach, *Der Müller und sein Kind.* Er blieb völlig ungerührt und notierte: „Ein abscheuliches, überspannt abergläubisches Stück, das in einem Theater wie der Burg nie gegeben werden dürfte. Hartmann spielte im übrigen vorzüglich."

Die Oper – bereits der eben in diesem Jahr eröffnete Bau von Sicardsburg und van der Nüll – zog ihn diesmal mehr als das Burgtheater. Tagebuch, 20. Oktober: „Ging zum Opernhaus, mit Ausnahme der Oper in Barcelona gewiß das prächtigste Theater, das ich je gesehen habe." Da unten alles ausverkauft war, nahm er eine Karte für den dritten Rang und sah, ausnahmsweise von oben, das Ballett *Flick und Flock* von Paul Taglioni: „Es war ein ganzes Kaleidoskop mit Dekorationen, elektrischem Licht und Farbenwechsel – was könnte hier in einem echten, dichterischen Märchenstück geboten werden . . . Ich sah nur die beiden ersten Akte . . . ging nach Haus und fühle mich ganz wohl in meinem Kleiderkasten mit einer halben Flasche Gumpoldskirchner *Ausslich* [Ausstich?], ein österreichischer Weißwein, der mir schmeckt."

Dingelstedt, den er von München her kannte, war zu diesem Zeitpunkt Operndirektor, aber ein schwer anzutreffender Herr. Sobald Andersen ihn endlich erwischte, war er „besonders herzlich" und stellte für jeden beliebigen Abend eine Freikarte zur Verfügung. Bei einem größeren Mittagessen, zu dem der Dichter eingeladen war, konnte er konstatieren, daß der Operndirektor „brillant in der neuen Oper selbst" wohnte. Seine Frau, die ehemalige Sängerin Jenny Lutzer, hatte „kein schönes, wohl aber ein intelligentes Gesicht und erinnert an Jenny Lind, außerdem ist sie sehr korpulent".

An den achtzehn Tagen, die Andersen in Wien blieb, war er achtmal in der Hofoper. Er sah zwei Ballette: zweimal *Flick und Flock,* in dem der Däne Julius Price den Flock „schön, jugendlich und mit Humor" tanzte, und *Sardanapal,* ebenfalls ein Taglioni-Ballett („bunt und leer, bengalisches Feuer und reiche Kostüme, ich amüsierte mich gar nicht dabei"). Außer Gounods *Romeo und Julia* und Rossinis *Wilhelm Tell* hörte er den *Fra Diavolo,* mit dem Schweden Labatt als stimmlich zwar befriedigendem, aber keineswegs bejubeltem Gast, und einen schönen *Troubadour:* „vorzüglicher Gesang von Herrn [Georg] Müller und Fräulein Wilt, Namen, die verklingen und verschwinden, und dabei doch so schön". Zu Allerheiligen hörte er die *Zauberflöte.* Der Maler Wilhelm Marstrand hatte ihm erzählt, daß in dieser Inszenierung „die Musik Mozarts vor Prunk für das Auge verschwinde", aber Andersen „fand nicht wie Marstrand die Ausstattung so überwältigend, daß sie die Musik erdrückt, die Dekorationen besonders schön, der Gesang gut" (Tagebuch).

Am 30. Oktober schrieb Andersen an Edvard Collin: „In meinem Kachelofen wird geheizt, und es schneit schon den dritten Tag . . . Was mich hier in Wien hält, sind die Theater . . . In der Oper geben sie heute abend den Faust, morgen die Stumme [von Portici], Montag die Zauberflöte, Dienstag die Martha etc. – Sie sehen also, hier ist ein reichhaltiges Repertoire, schwer sich davon loszureißen."

Das reichhaltige Repertoire war aber nicht immer genug. Die Tagebucheintragung des folgenden Tags, Sonntag,

31. Oktober, lautet: „Vergebens Frau Haizinger, vergebens Julius Price aufgesucht . . . Vergebens beim Schauspieler Lewinsky. Sah das Schwarzenbergdenkmal. Schön sonniges Wetter, aber kalt. In den Straßen umhergestreift. Fühle mich einsam, habe nur das Theater, und wenn ich dann später am Abend allein dasitze, sinnliche Kämpfe; der liebe Gott ist mein Helfer, ich selber kann mir gar nicht helfen." Am Abend war er im *Troubadour.* Ein Kreuzzeichen hinter der Eintragung deutet an, daß es einer der späten Abende war, an denen er Zuflucht in Selbstbefriedigung suchte.

Im Spätherbst 1869 wurde der Suezkanal eröffnet. Andersen, der sich für jede Großtat der modernen Technik begeisterte und 1867 gleich zweimal nach Paris gefahren war, um Wunder und Atmosphäre der großen Weltausstellung voll auszukosten, wäre ein selbstverständlicher Teilnehmer an den Eröffnungsfestlichkeiten gewesen. Er schrieb jedoch an Collin: „Alle Leute reisen dorthin [nach Suez], aber ich kann nicht behaupten, daß ich Lust dazu habe; es würde zu viele Beschwerlichkeiten mit sich führen. Und ich spüre wie nie zuvor, daß mir beim Alleinreisen sehr viel abgeht."

Andersen verließ Wien am 4. November. Schneefälle hatten die Bahnstrecke zwischen Graz und Klagenfurt zwei Tage lang gesperrt, weshalb er einen weiten westlichen Umweg nach Nizza wählte, wo er zu überwintern gedachte. (Auch hier fühlte er sich in seiner Pension Suisse so einsam, daß er den jungen Zoologen Jonas Collin, den Sohn von Edvard, an die Riviera mit nachfolgender Frankreichreise einlud.)

Über die Schlußrechnung im unglückseligen „Müller" und über dessen Oberkellner – „flott und vornehm, aber kein Verlaß auf ihn" – ärgerte Andersen sich zuletzt noch so gründlich, daß er froh war, „weg aus dem teuren Wien zu sein". Dies notierte er am Abend des 4. November in Linz, wo er – in der „Goldenen Kanone" – ein „besonders gutes und hübsches" Zimmer für anderthalb Gulden bekam und sich richtig wohl fühlte.

Die folgenden drei Tage verbrachte er in Salzburg, für das er in einem Brief nach Kopenhagen geradezu warb: „Zum erstenmal auf dieser Reise fühlte ich mich so recht frei und froh. Sie müssen Salzburg und die ganze wunderschöne Umgebung, die sogar im Winter froh stimmt, besuchen!"

Ein großes Zimmer mit Aussicht auf die Salzach kostete hier gar nur einen Gulden. „Ich schlemmte in Forellen und Wein, saß gemütlich in meinem warmen Zimmer." (Tagebuch, Freitag, 5. November.)

Am 6. wanderte er an den „Stationen" vorbei auf den Kapuzinerberg. „Mücken schwärmten in der Luft, die mild war. Als ich ganz oben war, brach die Sonne hervor, gegen Norden blauschwarze Wolken, gegen Süden alles in Sonnenschein, die goldenen Kreuze auf den Klöstern und Kirchen glänzten, Schnee lag auf den Bergen, über das alles kam es wie ein Frühlingserwachen, das mich in gute Stimmung versetzte . . . Ging den Fluß entlang. Als ich zu Hause an Paracelsus und Mozart dachte, deren Namen mit Salzburg verbunden sind, kamen mir Ideen, und ich begann zwei Märchen, eins über den Telegraphendraht, ‚Von Europa nach Afrika', und ‚Brief eines Storchs aus Suez' in dem Monat, in dem der Suezkanal eröffnet wird." (Tagebuch.)

Es blieb in diesem Fall bei Idee und Beginn. Aber Mozart hatte schon Anfang des Jahres 1869 unmittelbar hintereinander zwei Märchen ausgelöst, die vollendet und gedruckt wurden: Am 29. Jänner hörte Andersen *Die Zauberflöte* im Königlichen Theater in Kopenhagen. Tagebuch: „Ging nach dem 3. Akt nach Hause, da ich im Theater die Idee zur Geschichte ‚Der Komet' bekam . . . Schrieb die Hälfte." *Der Komet* wurde am nächsten Tag fertig. Tags darauf, am 31. Jänner, hörte Andersen abermals *Die Zauberflöte*, „kam in Stimmung, ging nach Hause und schrieb das Märchen ‚Sonnenscheingeschichten'. Es wurde spät, ich wurde müd vom Schreiben, blieb aber dabei, bis es nach Mitternacht auf dem Papier stand."

„Würde ich 1000 Reichstaler in der Lotterie gewinnen, so nähme ich einen Freund mit und flöge für ein paar Wochen nach Tirol", schrieb Andersen im Mai 1871 an Henriette Collin. Auch ohne Treffer in der Lotterie verwirklichte er diesen Plan genau ein Jahr später, wobei er sich allerdings nicht auf Tirol beschränkte. Als Begleiter auf dieser vorletzten Auslandsreise seines Lebens wählte er den Bruder eines befreundeten Malers: William Bloch, siebenundzwanzig, ein wenig schriftstellernd, später ein bedeutender Theaterregisseur. Natürlich führte Bloch (auch) ein Reisetagebuch. Es ist sympathisch, gelegentlich etwas ironisch, aber viel weniger impulsiv und „impressionistisch" als die Aufzeichnungen Andersens. Zwei Gesichtswinkel und zwei Federn ergeben jedoch ein Stereobild von gewissen Situationen. Der junge Bloch empfand die – teilweise einer emsig arbeitenden Phantasie entspringende – Hypochondrie des Dichters als komisch und seine übergroße Pünktlichkeit gelegentlich als lästig. Andersen, grundsätzlich am liebsten mehr als eine Stunde vor Zugabgang auf dem jeweiligen Bahnhof, fand Bloch „sehr schläfrig und in der Früh nicht leicht aus dem Bett zu kriegen; er wählt immer die teuersten Speisen, zieht Wein dem Bier vor, wünscht Bäckereien etc. – kurz, ist etwas teurer als ich selber, ist aber dabei ungemein gutherzig, aufmerksam und vergnügt mit dem, was er sieht. Ich habe das Gefühl, ab und zu etwas ärgerlich und heftig zu sein." Bisweilen war er das auch dem Hotelpersonal gegenüber, was er dann freilich im nächsten Augenblick bereute. Einem in Tränen ausbrechenden Stubenmädchen reichte er – laut Bloch – umgehend einen Veilchenstrauß, den er von einer seiner zahlreichen Verehrerinnen bekommen hatte. –

Wien war mit sechs Tagen die längste Etappe auf dieser Reise von Stadt zu Stadt, von Ort zu Ort in Deutschland, Österreich und Norditalien. Ankunftstag war der 28. April 1872, ein Sonntag. Bloch war vom Bahnhof sehr beeindruckt, und da sie aus Brünn kamen, muß es der zwei Jahre zuvor eröffnete Franz-Josefs-Bahnhof gewesen sein. Als Hotel wurde das zentral gelegene „König von Ungarn" gewählt. Nicht Queruliererei von seiten des Dichters, sondern das seltsame Verhängnis, das auf seiner Beziehung zur Wiener Hotellerie lastete, war schuld daran, daß sie in den sechs Tagen zweimal umziehen, das heißt drei verschiedene Zimmer des Hotels bewohnen mußten.

Der letzte Österreichbesuch stand überhaupt unter keinem guten Stern. War es im Oktober 1869 zu kalt gewesen, so war es diesmal „unerträglich heiß". Tagebuch, 29. April: „Ging in brennender Hitze zu Dingelstedt . . . Es hieß, er sei in einer ‚Sitzung'. Das war, nehme ich an, gar nicht wahr." Dingelstedt war als Burgtheaterdirektor ebenso schwer zu fassen wie vor drei Jahren als Operndirektor. Zwei Tage später versuchte Andersen es abermals vergeblich. Karten zu Hebbels *Nibelungen* in der Burg, die Dingelstedt ins Hotel schicken ließ, brachte Andersen persönlich, ohne den Direktor zu sehen, in das Theater „comptoir" in der Bräunerstraße zurück. Er hatte inzwischen Karten zu *Don Juan* genommen. „Das Orchester ist ausgezeichnet", kommentierte der junge Bloch. Beim zweiten Opernbesuch wurde wieder einmal *Flick und Flock* getanzt. Ein Abend in der Burg ergab sich nicht. Andersen, der sich körperlich gar nicht wohl fühlte und es, wie er an Edvard Collin schrieb, als „ein wahres Feuerbad" empfand, durch die Straßen zu gehen, war froh, daß Bloch in dem schwedischen Komponisten Hägg einen vergnügten, ungefähr gleichaltrigen Begleiter ins Theater an der Wien und in den Prater fand. Er ging nicht einmal mit, als sich die Gelegenheit ergab, die raffinierte Maschinerie des Opernhauses vorgeführt zu bekommen, aber er versäumte es nicht, Bloch in die Stephanskirche zu führen und ihm seinen Lieblings-Canova in der „Kapuzinerkirche" zu zeigen. Auch einen Höflichkeitsbesuch beim Gesandten hielt er für notwendig.

Das war nach wie vor Falbe, der auf dem Schwarzenbergplatz wohnte, seit das Palais Lubomirsky abgerissen war, und sich „etwas kühl" benahm, „besonders zu Bloch", aber immerhin zu einem – langweiligen – Essen einlud. Dramatisch verlief hingegen die Mahlzeit bei einer Wiener Familie in der Josefstadt, den Eltern des knapp neunzehnjährigen Opernorchester-Geigers Wilhelm Junck, den Andersen in Kopenhagen getroffen und mehrmals spielen gehört hatte. Tagebuch, 3. Mai: „Bei Tisch bekam ich etwas in den Hals, das wie eine Stecknadel stach, ich mußte hinaus, um zu husten, konnte es aber nicht herausbekommen, schließlich rutschte es hinunter; es verstimmte mich sehr, und ich dachte an baldigen Tod."

Tags darauf fuhren sie nach Linz. Hier, wo Andersen 1834, vor achtunddreißig Jahren, „zum erstenmal die Donau" gesehen hatte, erlebten er und Bloch einen traumhaften Nachmittag und Abend. Tagebuch, 4. Mai: „. . . Musik und viele Leute. Die Luft war warm, aber leicht. Gingen später zur Brücke über die Donau, der Strom breit und tief, schob sich grandios vorwärts; hohe bewaldete Anhöhen; die Sonne war untergegangen, aber Strahlen glänzten in der Luft hinter der hochgelegenen Kirche. Es war eine gewaltige Stimmung." – „Ich komme eben von einem Spaziergang an der Donau zurück, deren Schönheit niemand ahnen, noch viel weniger beschreiben kann", schrieb Bloch in sein Tagebuch.

Auch in einem Brief an Edvard Collin deutete Andersen die Stimmung an:

„Wien ist lebendig und prachtvoll, aber es fesselte mich nicht, ich sehnte mich nach den Bergen. Einen ganz wunderbaren Sommerabend genossen ich und mein junger Reisegefährte in Linz; es war windstill und heiß, die Luft aber herrlich leicht. Der Donaustrom glitt hier in Majestät an den bewaldeten Felsen vorüber, und das rote Abendlicht von den Wolken warf Strahlen über das Wasser."

Zwischen Salzburg – hier „war und ist es ausnehmend schön" – und Innsbruck machte Andersen Station in Kufstein. Tagebuch, 7. Mai: „Es sah nach einem Dorf aus, keine Träger beim Bahnhof, die Bahnbediensteten fragten verwundert: ‚Wollen Sie denn in Kufstein bleiben?' Ich bereute es schon, aber gleich über der Brücke stand am reißenden Fluß das Hotel, weiß getüncht, mit grünen Fensterläden. Wir gingen hinein, schlechte Luft, Leere und Mangel an Komfort, aber eine besonders schöne Aussicht von unserm Fenster. Unten braust der Inn." Die schlechte Luft und die harten Bänke in der Gaststube, die lärmenden Leute nebenan machten ihm einen „Kneipeneindruck". „Der Ort selbst mit seinen hellen, freundlichen Häusern, den höflichen Menschen, den spielenden Kindern, der ländliche Frieden, der hier über allem lag, tat wohl, aber drinnen, in der

Unterkunft, ist man nicht in einem Hotel, nicht in der gewohnten Bequemlichkeit. Ich habe das Gefühl, hier krank zu werden, und im ganzen Ort habe ich nur ein Schild gesehen, das ankündigt: ‚Hier wohnt der Pferdedoktor.'" Sie gingen um neun Uhr zu Bett.

Aus einem fröstelnden, vernebelten Innsbruck fuhren sie an den Gardasee, nach Verona und – als Überraschung und Extrafreude für Bloch – nach Venedig, die „Biberstadt mit den toten Palästen", für die Andersen selbst sich nie hatte erwärmen können. Als sie wieder nach Innsbruck zurückkamen, war es Pfingsten, Sonntag der 19. Mai, und heller Sonnenschein. Andersen nahm ein Zimmer in der „Sonne". Seine beiden allerletzten Nächte in Österreich logierte er mithin im gleichen Hotel in der „Prachtstraße", der Maria-Theresien-Straße, wie 1834, als er in der „Sonne", die damals noch „golden" hieß, seine erste Nacht auf österreichischem Boden in einem „vorzüglichen Bett" unter einer Tuchent geschlafen hatte. Der Ring war geschlossen, der Abschluß aber etwas vehement. Tagebuch, 21. Mai (Abreisetag): „In der Nacht wachte ich auf. Es war finster, ich tastete nach dem Nachttopf und fand ihn, doch indem ich mich mit der anderen Hand stützen wollte, griff ich neben das Bett und fiel kopfüber hinunter, riß den Leuchter etc. mit, es war ein heftiges Gepolter, Bloch wurde dadurch geweckt und rief erschrocken, was geschehen sei, zündete die Kerze an; ich verspürte Schmerz im Nasenknorpel, und Blut floß aus einem Riß darüber; das Knie hatte ich kräftig angeschlagen, und den ganzen rechten Schenkel. Bloch war lieb und aufmerksam, badete mir die wunden Glieder mit kaltem Wasser . . . Der Rest der Nacht war lang und schmerzhaft."

Diese Schilderung stimmt genau überein mit der in Blochs Tagebuch, das allerdings noch eine kleine Ergänzung bringt:

„Nach einer Stunde waren wir wieder in Ruhe. Heute früh klang von der Straße ein anhaltendes Glockengeläute herauf. Andersen sagte: ‚Das ist eine Prozession! Sie müssen aufstehen, sie sehn!' Ich überwand meine Schläfrigkeit, machte das Fenster auf und sah – drei Kühe mit Glocken am Hals."

In Andersens eigenem Tagebuch figurieren die glockenbimmelnden Kühe begreiflicherweise nicht. Außer den Schmerzen in Schläfe und Hüfte und einem Knie, das bald aussah „wie eine rotgelbe Orange, umgeben von breiten blauen, grünen und schwarzen Ringen", machte ihm die Phantasie zu schaffen. Er lag im Dunkeln und war „unglücklich, befürchtete Gelenkwassersucht, und daß ich längere Zeit hier in Innsbruck bleiben müsse".

Es war die beschwerliche Nachtseite der gleichen Phantasie, die ihm Augen und Ohren schärfte, sodaß er zu Beginn seines Märchenschaffens einem Dichterfreund – Ingemann – hatte schreiben können: „Mir ist oft, als ob jeder Lattenzaun, jede kleine Blume zu mir sagte: ‚Schau mich ein bißchen an, dann wird meine Geschichte in dir aufgehen!' – und will ich es, so habe ich die Geschichte!"

Auf der Hinfahrt nach Innsbruck, irgendwo hinter Kufstein, hatte Andersen am 8. Mai in sein Tagebuch notiert: „Gestern fiel mein Blick auf Telegraphendrähte entlang den Wipfeln einiger Buchen. Es war, als ob die Bäume den Mitteilungen der Drähte lauschten."

Das hätte zu einem „Märchen der heutigen Zeit" werden können wie *Die große Seeschlange,* im Heft für Weihnachten 1871 erschienen: die Geschichte vom unterseeischen Kabel zwischen Europa und Amerika, dessen Erscheinen auf dem Meeresgrund Aufregung und verworrene Theorien – sowie Aggressionen – unter den Geschöpfen der Tiefe hervorruft, bis ein unansehnlicher kleiner Seefisch, nicht unähnlich dem kleinen Kind in *Des Kaisers neue Kleider*, nur in positivem Sinn, die Erkenntnis formuliert: „Die unermeßliche lange dünne Schlange ist vielleicht der wunderbarste Fisch in der See. Ich habe so das Gefühl."

In einem Brief aus dem Jahre 1853 ist Andersens Faszination just durch den „elektromagnetischen Draht" so ausgedrückt:

„Daß die Menschen einander näher rücken, daß Länder und Städte durch den Dampf und den Elektromagnetismus zu einem einzigen großen Versammlungssaal verbunden werden, erscheint mir geistig so groß und herrlich, daß der Gedanke daran mich erhebt, wie je das Lied eines Dichters es vermochte."

Andersen verließ Innsbruck unmittelbar nach der unerquicklichen Nacht, am 21. Mai 1872 mit dem Zug um ein Uhr, Richtung München. Der Wirt und der Portier in der „Sonne" waren „ausnehmend höflich, nannten mich Exzellenz". Obwohl er sich „zerschlagen wie Masetto" fühlte und dramatische Bulletins über die Folgen seines Falls nach Hause sandte, wurde die Route der Heimreise weder abgeändert noch abgekürzt. Auch in lädiertem Zustand galt sein „Reisen ist leben".

ZEITTAFEL

1805 (2. April). A. in Odense auf der Insel Fünen geboren.

1816. Der Vater, ein Schuster, stirbt.

1819. Der Vierzehnjährige begibt sich allein nach Kopenhagen (um „berühmt“ zu werden).

1820–22. Schüler der Tanz- bzw. Singschule des Königlichen Theaters.

1822–27. Schüler der „Lateinschule“ in Slagelse und Helsingör. Durch Initiative der Theaterdirektion, der Jonas Collin angehört, wird ihm die Chance geboten, sich „Bildung“ zu erwerben.

1828. Reifeprüfung in Kopenhagen.

1829. „Fußreise vom Holmens Kanal zur Ostspitze von Amager“, das eigentliche Debütbuch, stark von E. T. A. Hoffmann beeinflußt.

1830. A. verliebt sich in „zwei braune Augen“ (Riborg Voigt). Aus dieser Periode stammt das von Grieg vertonte Gedicht „Du mein Gedanke . . .“

1831. Erste Auslandsreise, in den Harz und die Sächsische Schweiz. Bekanntschaft mit Tieck und Chamisso. „Schattenbilder von einer Reise in den Harz, die Sächsische Schweiz etc.“

1833–34. Große Bildungsreise mit Staatsstipendium: Frankreich, Schweiz, Deutschland, Österreich und vor allem Italien. In Rom Nachricht vom Tod der Mutter.

1834. *Erster Wienbesuch: 9. Juni–8. Juli.*

1835. Durchbruch mit dem Roman „Der Improvisator“. Erstes Heft „Märchen, für Kinder erzählt“, u. a. mit dem „Feuerzeug“ und der „Prinzessin auf der Erbse“.

1837. „Nur ein Geiger“. Der Roman, Andersens dritter, hat großen Erfolg im deutschen Sprachraum.

1838. A. bekommt von nun an einen jährlichen „Dichterlohn“.

1840–41. Die „Orientreise“. (Rom–Athen–Konstantinopel; Donaufahrt vom Schwarzen Meer bis Wien.)

1841. *Zweiter Wienbesuch: 4.–23. Juni.*

1842. Das Reisebuch „Eines Dichters Basar".

1843. Paris-Reise. A. trifft Balzac, Dumas père, Heine, Victor Hugo, Lamartine, Alfred de Vigny und die Schauspielerin Rachel. – A. verliebt sich in Jenny Lind.

1844. Erster Besuch in Weimar; Beginn der Freundschaft mit (Erb)Großherzog Carl Alexander. A. besucht u. a. Jacob Grimm und Bettina von Arnim, Robert Schumann und Meyerbeer. – Gast des dänischen Königspaares auf der Insel Föhr.

1845–46. „Triumphreise" in Deutschland und Österreich; Italien–Schweiz–Frankreich; geplante Spanien-Reise aus Gesundheitsgründen aufgegeben.

1846. *Dritter Wienbesuch: 6.–18. März.*

1847. Die erste Selbstbiographie erscheint in Leipzig, Titel „Das Märchen meines Lebens ohne Dichtung". „Triumphreise" in England und Schottland.

1849. Große Schwedenreise. „In Schweden", ein Reisebuch, erscheint 1851.

1851. A. erhält den (Ehren)Titel Professor.

1854. *Vierter Wienbesuch 24.–29. Mai.*

1855. Die Selbstbiographie erscheint in erweiterter Form auf dänisch.

1857. Mehrere Wochen Gast bei Charles Dickens.

1862–63. Spanienreise (mit Abstecher nach Nordafrika); Reisebuch „In Spanien" im gleichen Jahr.

1866. In Holland, Frankreich, Spanien und Portugal. „Ein Besuch in Portugal" erscheint 1868.

1867. Ehrenbürger in Odense; Ernennung zum Etatsrat. Zweimal zur Weltausstellung in Paris.

1869. *Fünfter Wienbesuch: 17. Oktober–4. November.*

1872. Die letzten Märchen erscheinen, u. a. „Der Torschlüssel" und „Tante Zahnweh".

1872. *Sechster und letzter Wienbesuch: 28. April–4. Mai.*

1873. Letzte Auslandsreise (Schweiz).

1874. Ernennung zum Konferenzrat.

1875. (4. August). Andersen stirbt in der Villa der Familie Melchior bei Kopenhagen. Sein Grab befindet sich auf dem Assistens-Friedhof in der dänischen Hauptstadt.

Hans Christian Andersen unternahm insgesamt 29 Auslandsreisen, manche davon viele Monate dauernd. Er hatte nie einen „bürgerlichen" Beruf. Außer Märchen und Lyrik hat er sechs Romane, mehrere große Reisebücher und eine Menge dramatische Arbeiten von verschiedener Art und sehr verschiedener Qualität geschrieben. Der offizielle „Kanon" umfaßt 156 Märchen und Geschichten. Einzelne Märchen sind in rund 100 Sprachen übersetzt.

LITERATURVERZEICHNIS
in Auswahl

Die wichtigsten verwendeten Quellen liegen ausschließlich – oder ganz überwiegend – auf dänisch vor, namentlich die Tagebücher und die umfangreichen Briefwechsel des Dichters. Alle der Selbstbiographie und den anderen Werken entnommenen Stellen wurden von der Autorin neu übersetzt.

Dänemark:

H. C. Andersens Dagböger I–XII (Tagebücher). Kopenhagen 1971–76.

H. C. Andersen: Mit Livs Eventyr I–II. Kopenhagen 1951. (Auf deutsch: Das Märchen meines Lebens. München 1961.)

Briefwechsel:

Breve til Hans Christian Andersen. Udgivne af C. St. A. Bille & Nikolaj Bögh. Kopenhagen 1877.

Breve fra Hans Christian Andersen. Udgivne af C. St. A. Bille & Nikolaj Bögh. I–II. Kopenhagen 1878.

H. C. Andersens Brevveksling med Jonas Collin d. AE. m.m. I–III. Kopenhagen 1945–48.

H. C. Andersen. Brevveksling med Edvard og Henriette Collin. I–V. Kopenhagen 1933–37.

H. C. Andersens Brevveksling med Henriette Hanck. Anderseniana Vol. IX–XIV. Kopenhagen 1946.

H. C. Andersen og Henriette Wulff I–III. Odense 1959.

H. C. Andersen: Samlede Skrifter 1–15. Kopenhagen 1876–80.

William Bloch: Paa Rejse med H. C. Andersen. Kopenhagen 1942.

Österreich:

Ilsa Barea: Vienna. London 1966.
Eduard Bauernfeld: Erinnerungen aus Alt-Wien. Linz o. J.
I. F. Castelli: Memoiren meines Lebens I–II. München 1913.
Felix Czeike: Das große Groner Wien Lexikon. Wien 1974.
Eduard Hanslick: Geschichte des Concertwesens in Wien. Wien 1869.
Kurt Kahl: Die Wiener und ihr Burgtheater. Wien 1974.
Raimunds Werke. Berlin o. J.
Otto Rommel: Die Alt-Wiener Volkskomödie. Wien 1952.
Heinz Politzer: Grillparzer oder Das abgründige Biedermeier. Wien 1972.
Richard Smekal: Das alte Burgtheater. Wien 1916.
Dr. Constant von Wurzbach: Biographisches Lexikon des Kaiserthums Österreich. Wien 1856–91.

REGISTER